# 夜の明けるまで

## 深川澪通り木戸番小屋

北原亞以子



朝日文庫

本書は二〇〇七年六月、講談社文庫より刊行されたものです。

目次

# 深川之内

小名木川ヨリ南之方一圓

『夜の明けるまで 深川澪通り木戸番小屋』関係地図

地図・谷口正孝

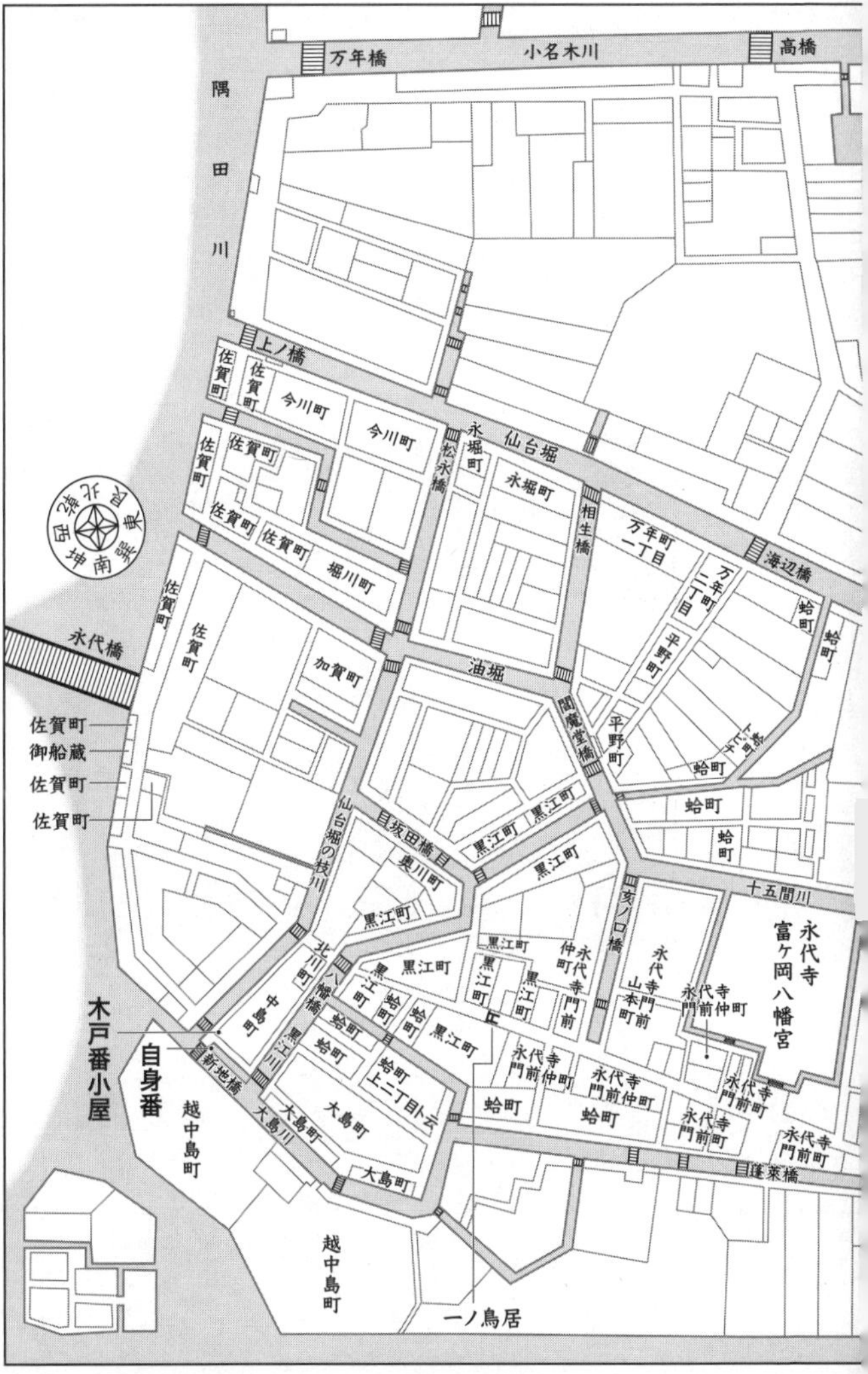
万年橋
小名木川
高橋
隅田川
上ノ橋
佐賀町
今川町
今川町
松永橋
永堀町
仙台堀
永堀町
相生橋
万年町一丁目
万年町二丁目
海辺橋
佐賀町
佐賀町
佐賀町
堀川町
東北巽南坤西
佐賀町
永代橋
佐賀町
加賀町
油堀
平野町
蛤町
蛤町
閻魔堂橋
平野町
佐賀町
御船蔵
佐賀町
佐賀町
仙台堀の枝川
蛤町
黒江町
黒江町
黒江町
蛤町
蛤町
坂田橋
奥川町
黒江町
十五間川
亥ノ口橋
黒江町
永代寺門前
黒江町
北川町
八幡橋
黒江町
黒江町
黒江町
永代寺門前山本町
永代寺門前仲町
永代寺
富ヶ岡八幡宮
中島町
蛤町
蛤町
黒江町
木戸番小屋
自身番
新地橋
黒江川
蛤町
蛤町
蛤町上二丁目ト云
永代寺門前仲町
永代寺門前仲町
永代寺門前町
越中島町
大島川
大島町
大島町
蛤町
蛤町
永代寺門前町
永代寺門前町
大島町
蓬莱橋
越中島町
一ノ鳥居

# 夜の明けるまで

深川澪通り木戸番小屋

# 第一話　女のしごと

賭けは、おもよが勝った。

路地をはさんで向い側に住んでいるおはつは、明日も梅雨、雨が降らずにいるものかと言ったが、空は、おもよが言った通りきれいに晴れ上がった。

勝った者が手にするのは、蒲焼と物干竿の独占だった。長屋では、こちらの軒下から向いの軒下へ路地を横切って竿を渡す。今、おもよの家の軒下からおはつの家の軒下へ渡された竿には、おもよの洗濯物ばかりが干してあり、梅雨の晴れ間の陽をたっぷりと吸っていた。路地が日陰になる八つ前にとりこめば、明日はさっぱりとかわいたものを気持よく身につけることができそうだった。

満ち足りた気分になって、おもよは、どぶ板の上で思いきりのびをした。洗濯物は片付いた。貸本屋から借りた合巻本は、昨夜のうちに読み終えた。荒唐無稽な物語だったが、いっとき、おもよを美しくて腕のたつ女主人公になったような気分にさせてくれた。

気分のよいまま、夕方からは永代寺門前仲町の裏通りにある料理屋へ働きに行く。

給金は高くないが、昼間より客からの祝儀が多く、女一人が暮らしてゆくには充分な収入になる。最後の客を送り出して、朋輩(ほうばい)達と近頃は客が野暮になったの何のと悪口を言って、同じ蛤町(はまぐりちょう)で所帯をもっている板前に、長屋の木戸の前まで送ってきてもらう。家に入って明りをつけて、雨の日はその音を聞きながら、月夜の晩は土間へ射(さ)し込む光を眺めながら、ほんの少し酒を飲む。

極楽ではないか。

おもよは、洗濯物に触れてみた。朝六つ半に干した襦袢(じゆばん)はもう乾きかけていた。ひとりでに口許(くちもと)がゆるんできて、そのままの顔で木戸を出る。富岡八幡宮(とみがおかはちまんぐう)の参道にある菓子屋へ行って、求肥(ぎゅうひ)を買ってくるつもりだった。まもなく正午の鐘が鳴る。鰻(うなぎ)をおごってくれる約束のおはつに、甘いものぐらい用意してやらなければ申訳ないというものだ。

ついそこの横丁を曲がれば向い側が門前仲町で、おもよの働いている料理屋、磯浜(いそはま)の入口が見える。その隣りも料理屋の美濃久(みのきゅう)で、母親の八幡宮参詣につきあったらしい四十がらみの男と、供の小僧の三人連れが入って行くところだった。

門前仲町を抜け、馬場通りを駆足で横切って参道へ入って行こうとすると、反対側から走ってきた女と突き当りそうになった。

「すみません」

互いにあやまって、顔を見合わせた。女は隣りの美濃久に住み込んで働いているお艶だった。お艶は左手で紙包をかかえ、右手の袖をその上にのせている。その袖が少しずれて、包み紙に摺られている店の名前が見えた。おもよが行こうとしていた菓子屋の名前だった。

「どうしたのさ、今頃」

少し皮肉な口調になった。

とりわけ縹緻がよいわけでもないのに、美濃久へ上がる客の六割は、お艶がめあてと言われている。これからいそがしくなるという時刻に、菓子などを買いに行っている暇がお艶にあるわけはなかった。

「あ、ごめんなさい」

お艶はあわてて言訳をした。

「あとでゆっくり話すつもりだったんだけど、その暇が見つからなくって。五日前に美濃久はやめさせてもらったの」

それじゃお艶ちゃんの——と言おうとした言葉が、のどのあたりで凍りついた。

お艶は、おもよと言葉をかわすようになった時から自分の店を持ちたいと言っていた。通いより自由がきかぬ住み込みになったのも、家賃を節約したいからだったというし、朋輩に睨まれるほど客に愛想がよかったのも、祝儀をもらいたい一心からだったと聞いている。

そのお艶が、黒江町のかつては蕎麦屋だったという家を借りたのは、もう三月も前のことだった。板前として働いてくれそうな男に美濃久の仕事を終えてから会いに行ったり、根太が抜けている小上がりの座敷をなおすために大工を連れて早朝から出かけたりと、ほとんど眠らずに動きまわっていたことはおもよも知っていて、あれでは今に軀をこわすと心配していたところだった。

「それじゃお艶ちゃんの」

と、おもよは、凍りついた言葉をようやく声にした。

「お店が出せるんだね。お天気がよくって、よかったじゃないか」

「お天気どころの騒ぎじゃないんだよ、それが」

お艶は、おもよに近づいて早口になった。

「うちで働いてくれることになっていた板前が、今日になって浅草田原町の料理屋に話がきまったって言い出すんだもの。両国かどこかの料理屋で働いている人の、いとこを知ってるって人にこれから会いに行くところ」

「大変だねえ」

心底からそう言った。

頼りにしていた板前に逃げられては、せっかくの晴れ間も目に入らず、お艶が借りた黒江町の家には、洗濯物がたまっているにちがいなかった。


晴天は一日だけで、翌る日からまた雨がつづいていた。

深川の町のほとんどは、川か堀割沿いにある。梅雨時はいつも出水に悩まされるのだが、深川の中でも中島町は、東西と南側の三方を川でかこまれている。南側の澪通りにある木戸番小屋は川音でいっぱいで、声高にならなければ話もできぬほどだった。向い側にある自身番屋の横で、仙台堀の枝川と一つになる大島川が、濁流となって隅田川へ流れ込んでいるのである。

が、軒下に立って降りやまぬ雨を眺めていた木戸番女房のお捨は、「まだ大丈夫でしょう」と言いながら戻ってきた。

「それにしても、天にはずいぶんお水があることねえ」

お捨のうらめしそうな口調に、おもよは、袂で口許をおおって笑った。

戸棚すらない四畳半には、木戸番の笑兵衛(しょうべえ)が眠っている。木戸番の仕事は夜廻りと、町木戸が閉まったのち、やむをえぬ用事で通りかかった人のためにくぐり戸を開けてやることで、昼の間に軀を休めることになる。番小屋の土間で、どこの町でも黙認している内職、手拭(てぬぐ)いやら草鞋(わらじ)やら鼻紙やら、日々の暮らしに必要なものの商いをしているお捨とは、昼夜すれちがいの暮らしをしているのだった。

おもよは、お捨のいれてくれた茶を飲んで、土間の台に所狭しとならべられている商売物を見た。

「小母(おば)さんだから話しちまいますけど、わたし、こういううちで生れたんですよ」

「まあ、木戸番小屋で？」

「いえ」

おもよは小さくかぶりを振った。

生れた家は、川越街道の宿場町、下練馬(しもねりま)で旅人向けの品々を商っていた。軒が低く、あまり陽の射さぬ店で、木戸番小屋にある手拭い、草鞋、鼻紙は無論のこと、提燈(ちょうちん)から火打石、腹痛(はらいた)の薬にいたるまで、旅に必要と思われるものは何でも置いてあった。おもよの記憶では、店が客であふれていたことはなく、父母と祖母と、おもよを含めて兄妹四人が、どうやって暮らしていたのだろうかと思う。

「あの薄暗いお店が田舎くさく思えて、たまらなくいやでねえ。家出と言ってもいいくらいに、むりやり江戸へ出てきちまったんですよ」

「江戸はいかがと言えるほど、深川はお江戸の真中じゃないけれど」

おもよは曖昧に笑った。真中ではないと言っているものの、お捨は、中島町という梅雨になれば出水に悩まされる町に満足しているにちがいない。が、おもよは、神田や日本橋あたりで暮らしたい。下練馬の家を飛び出した時は、必ず江戸の真ん真中に、小さくても明るい店を出してやると思っていたものだ。

「住めば都とは、よく言ったものですね。ただ、今日みたように雨が降りつづくと、何で深川に住みついているのかしらと思うけど」

「ほんと」

「下練馬へ帰りたくなってしまうのじゃありません？」

新しい茶をついでくれたお捨に、おもよは、ちょっとためらってからかぶりを振った。

「うちより、ここの方が好き」

どうして？　と、お捨は尋ねなかった。さりげなく視線をはずしたのだろう、長火鉢の鉄瓶へ手を伸ばしている。おもよは、生家の薄暗い店と台所と、姑の寝ている病間とをせわしく往き来して、息つく暇もなく働いていた母を目の前に思い描いた。

父も母も、早く帰ってきて嫁に行け、よい相手がいるという手紙をしきりに寄越すが、冗談ではない。どんな相手か書いてはないものの、おおよその見当はつく。夫となるのは気のよい男でも、舅夫婦は、おもよを働き手としか思わない人達である筈だ。合巻本を読む時間は取りあげられ、雨の音を聞きながらのんびりと酒を飲んでいれば、女のすることではないと叱られる。いや、とんでもない女だと罵られる。それは、母の昔を思い出せばわかる。どれほど面倒をみても、姑にとって母は気のきかぬ嫁であり、まれに世話をする姑の実の子は、涙ぐむほどやさしい娘だったのである。母のように、何を言われても辛抱しているなど、おもよにはできなかった。

「わたしねえ、小母さん」

洗濯物が吸い込んだ陽のにおいを快いと思う、そんな暇もないような暮らしはしたくない。出水は恐しいが、廂を叩く雨の音や、雨が降りだしそうな気配や、雨あがりのにおいは好きなのだ。合巻本からも酒からも、鰻をおごったりおごられたりする楽しみからも離れたくない。懸命に働いた褒美として、合巻本を読みながら酒を飲む楽しみがあってもよいではないか。が、下練馬に帰れば、夜の明けぬうちに起き出してへっついの前に蹲り、昼は家業に精を出して、夜は舅や夫の足腰を揉む暮らしが待っている。

　雨が強くなってきた。廂をうつその音のせいではないのだろうが、笑兵衛が寝返りをうった。

「母は順番だって言うんですけどね、今は、長男の嫁を、自分がこき使っているって。だから、少しの間の辛抱は仕方ないんだって」

「まあ」

「それに、一所懸命に働いた何よりのご褒美は、子供だって言うんですもの」

　お捨は、黙って目をしばたたいた。

「子供ほどあてにならないものはないでしょう？　わたしなんざ、母が頼りにしようとした時に、家を出ちまった」

「お母様は、がっかりなすったでしょう」

「多分。でも、母のように、あくせく働くのはいやなんです」

　料理屋で働くのも楽ではないが、あくせくと、一休みする暇もないほど働かされるのとはわけがちがう。

　お捨のころがるような笑い声が聞えた。「わたしも大嫌い」とお捨は言って、笑っている口許を隠さなくてもよいのに、白くふっくらとした手を当てた。

「でもねえ。あくせく働かなければ、暮らせない時もありました」

おもよは首をかしげた。この品のよい木戸番夫婦については、日本橋にあった大店の主人だったと言う者もあり、武家の出であるとか、京の由緒ある家の生れだとかいう噂もある。が、どの噂も、あくせく働かねばならぬ境遇とはかけ離れていた。

「小母さんは、どこで……」

苦労をしたのかと尋ねるつもりだったのを、甲高い女の声が遮った。

「やっぱりここだった」

お艶だった。お艶は、雨よけに一枚だけいれていた雨戸へ閉じた傘をたてかけて、いっそう高くなった川音と一緒に小屋へ入ってきた。お艶にもお茶をいれようと、湯呑みをとりに立ち上がるお捨に「すぐ帰りますから」と言って、からげている裾をおろそうともしない。

「ちゃんと挨拶をしておくれよ」と、おもよは低声で言った。この木戸番小屋へお艶を連れてきて、お捨笑兵衛夫婦にひきあわせたのは、おもよだった。お捨も笑兵衛も、お艶はおもよの仲よしだと思っているだろう。見栄を張るわけではないが、仲よしなら仲よしらしくしてもらいたい。そして、周囲の人達から仲よしと思われるならば、「さすがにおもよさんの仲よし」とも思ってもらいたいのである。が、お艶は、江戸生れの江戸育ちだというのに、風貌も着ているものも垢抜けない。お艶を知る人達は、「あの娘はけちだからね」と言っている。古着売りが持ってくる古着の中でも、とびきり安いものを選ぶので、いつまでも垢抜けないと言われているのだ。お捨のように品よく振舞えとは言わないが、せめて裾ぐらいはおろして、きちんと挨拶をしてもらいたい。

が、お艶は「お邪魔します」と早口で言っただけで、お願い——と、おもよに手を合わせた。おもよは、茶簞笥から湯呑みを出しているお捨を目で追った。「どうぞ、おかけになって」とお捨はお艶をふりかえったが、お艶は有難うとも言わなかった。

「ねえ。うちの店を手伝ってもらえない？」

「手伝ってもらえないって、わたしは磯浜で働いているんだよ。むりにきまっているじゃないか」

「だから、昼間だけ」

お捨が、急須の茶の葉を新しくした。よい香りのする茶をわざわざ上がり口まで持って行ってくれたのに、お艶は立ったまま、「ねえ、お願い」と、おもよに向って繰返した。

勝手に事情を話し出したのを遮りもならず、黙って聞いていると、お艶は夕方から暖簾を出す店にするつもりだったのだが、田原町から引き抜いてきた板前が、昼も店を開けて、簡単なものを食べさせるようにしたいと言い出したのだという。触れこみでは料理屋の板前ということだったが、茶漬屋で働いている男だったらしい。

おもよは呆れてお艶を見た。

「わたしが口を出すことじゃないけれど、お前、そんな男を使うことにしたのかえ?」

「しかたがないじゃないの。六月一日に店を開けるって、美濃久のご贔屓にも言っちまったし、引き札も摺っちまったんだもの」

「だからといって、そんなことで店を開けてごらん。しくじるよ、きっと。一月や二月、遅れたっていいじゃないか。じっくり腰を落着けて、いい板前をお探しよ」

わたしは何を言ってるのだろうと思う。知り合いに妙な板前をつかまされていい気味だと思った筈なのに、今は本気で心配をしているのである。このままでは、一肌脱いでやろうと、お艶の店を手伝ってしまうかもしれなかった。

が、お艶はかぶりを振って「だめだよ」と言った。

「こういうことはね、機を逃さないのが肝心なの。昼は大盛りの茶飯を食べさせて、夜は酒を飲ませることにしようと、もう考えてあるんだよ」

「ま、お艶ちゃんの店なんだから、お艶ちゃんの好きにするがいいわね」

「当り前だよ。こんなにうまい手を考えたのに、店を開けずにいられるかってんだ。ただ、手伝ってくれる人が、どうしても見つからないんだよ。助けると思って、手伝っておくれな」

お願い――と、お艶はもう一度手を合わせた。

「お店に出てきてもらう時刻とかお給金とか、詳しいことは、明日、おもよさんとこへ行って話すから」

「ふうん」

と、おもよが鼻を鳴らすような返事をしたのを、お艶は、承諾とうけとったのかもしれなかった。笑兵衛の枕屏風（まくらびょうぶ）の位置をなおしているお捨に、「小母さん、お邪魔しました」と声をかけ、上がり口に置かれていた湯呑みには手もつけずに出て行った。

半月（はんつき）のちに開ける店のこと以外は、頭に入らないのだろう。呼びとめようとしたらしいお捨を見て、おもよは、お艶のかわりに詫びを言った。

「せっかくおいしいお茶をいれてもらったのに。お艶ちゃんも、わるい人ではないのだけど、落着きがなくってねえ」

「いえいえ」

お捨は、口許を押えて笑兵衛の枕許を離れ、それからころがるような声で笑った。

「実はね、この間、お艶さんが鼻紙を買って下すった時に、お釣りを一文、少なく渡してしまったような気がするの。それをお尋ねしたかったんだけど」

あいかわらず、うるさい笑い声だなと言う声がして、位置をなおしたばかりの枕屏風が揺れた。笑兵衛が目を覚まし、のびをした手が屏風に触れたようだった。

六月一日はよく晴れた。二日は薄雲がひろがったものの時折陽射しがこぼれ落ちてきて、そんな天候も幸いしたのだろう。お艶の店、瀬川は、おもよの予想を裏切ったと言ってよいくらいの繁昌ぶりだった。昼も夜も、店に入りきらぬほど、客が押し寄せたのである。

三日目からは、また雨が降り出したせいもあって客が少なくなったが、それでも腰掛けの樽は幾つも空いてない。料理もろくにつくれない板前で、茶飯は大盛り、刺身は厚切りで客を呼ぶほかはないという苦肉の策のどこが、客達は気に入ったのだろう。おもよは不思議でならなかった。

自分で自分を心配したように、おもよはお艶に口説き落とされて店を手伝っている。まったくいそがしい店だった。茶飯にしようか刺身で酒にしようかと迷っている客の相手をしていると、板前が、「田楽、あがったよ」と叫ぶ。田楽も近所の店で仕入れた豆腐に、木の芽味噌をすりつけただけなのだが、とにかく大きいのである。それをはこんでいると、腹を空かした客が入ってきて、その客の注文を聞いているうちに、別の客が「早いとこ、勘定を頼まあ」と立ち上がる。腹を空かした客も茶飯はまだかと催促するし、板前の仕事はのろい。いったい誰のためにこれほど忙しい思いをしているのかと思うと、おもよは情けなくなった。

お艶は、今日も朝から出かけている。居抜きで借りたのではなく、縄暖簾風の造りに変えたり、飯台をつくって入れたりするのに、かなりの費用がかかったらしい。しかも開店をいそいだので、足りなかった金を高利で借りたのだそうで、それを返済してしまわぬことには、いくら店が繁昌しても利益が出ないのだという。返済のための金を低い利息で貸してくれるところはないかと、今のお艶は必死だった。

だから、言わぬことではないと、おもよは思った。ろくな板前も見つからぬというのに開店ばかり急いで、うまくゆくわけがないのだ。

が、誰に聞いても、お艶はいい女だという。まずい田楽も、「大きくて腹がいっぱいになるから、ま、いいじゃねえか」と言う。安価で野暮ったい着物を着て、朝からせかせかと動きまわっているお艶の姿が、客の男達には懸命に働いて店を出した、けなげな女と映るらしいのである。そのまずい田楽をつくる板前に至っては、「俺のような男を雇ってくれた、仏様みたようなお人」と、お艶をうっとりと眺める始末だった。

冗談じゃないと、おもよは思った。

せかせかと飛びまわるのは、お艶が考える前に動いてしまうからだ。じっくりと金をためて、店の造り替えに手をつければよいものを、開店ばかりを考えて高利の金に手を出してしまう。必死で飛び回らねばならない原因を自分でつくっているのである。

女の身でよくやっていると男達は言うが、お艶が飛びまわっていられるのはおもよがいるからだ。おもよが合巻本を読む何よりも大事な時を、お艶の縄暖簾で働くことに振り替えているからだ。おもよこそ、友達のためによくやっていると言ってもらいたい。それなのに、客は、お艶がいないとわかると、露骨にがっかりした顔をする。先刻の客などは、お艶のいる時に出直してくると言って、店の中を見廻しただけで引き返して行った。酒はいらぬから早く茶飯をつくってくれという客や、醤油差がないとわめいている客を待たせて、空いている席はあると言ったおもよを、見ようともしないのである。

「冗談じゃない」

と、思わずおもよは大声を出した。金策に駆けまわり、目をくぼませて帰ってきたお艶が、明日は夕方の七つ半くらいまで手伝ってもらえないかと言い出したのだった。

「いい加減にしておくれよ。わたしゃ、七つには磯浜へ行かなけりゃならないんだ」

「わかってるって。わかってるけどさ、高利貸の半分にもならない利息で、お金を貸してくれる人が見つかりそうなんだよ」

「貸してもらやいいじゃないか」

「だからさ、明日、七つ半まで手伝ってもらいたいんだよ。お前だから言うけど、お金を貸してくれるのは、永代寺門前の料理屋の旦那でね、女将さんには内緒なんだよ。で、明日は大事な客があって、八つ半にならなければ、お店から脱け出せないっていうんだ」

「明後日にすりゃいいじゃないか」

「明後日は、なおだめなんだよ。お昼から屏風絵かなんかの会があって、もっと脱け出せないんだって」

板場への入口に立っていたおもよは、束のような視線を感じてふりかえった。空樽の数だけいる客達が、おそい昼めしの箸をとめ、声が高くなってきた言い争いを見つめていた。

「騒々しくって、ごめんなさいねえ」

と、おもよより先にお艶が言う。こんな時のお艶は、いつもより愛想がよい。見た目だけはよい、よそゆきのまま客の間へ入って行って、「すみませんねえ、気がつかないで」などと言いながら、空の湯呑みなどを下げてくる。客の視線はお艶を追い、おもよにそそがれる時は、明らかに不愉快という感情がこもっている。

「ね、お願い」

と、客に熱い茶をはこんで行き、板場へ戻ってきたお艶は、大仰なしぐさで手を合わせた。

「話がまとまっちまえば、あとは旦那がいろいろやってくれるんだよ。だから、ね、明日だけ何とかしておくれよ」

「いやだよ」

客がどう思おうが、知ったことか。この十日の間、合巻本は部屋の隅に積まれたままになっている。三合ほど残っている酒も、味が変わっていることだろう。おもよが下練馬へ帰らないのは、のんびりと暮らしたいからだ。お艶の手助けをして、朝から晩まで働きたいからじゃない。

「いやだよ。明日は休ませてもらうよ」

「そんな」

お艶は、目を見張った。縹緻もよくない女だと、おもよは内心ばかにしていたのだが、まばたきもせずにおもよを見つめた顔は、意外に可愛らしかった。どんな条件がついているのか知らないが、料理屋の主人は多分、低い利息で金を貸すだろう。

「明後日も明々後日も、ずっと休むよ」

「そんなこと言わないで」

お艶が袖を摑んだが、おもよは乱暴にふりはらった。

「今日もこれで帰るよ。お客は、お前をお待ちかねだ」

明後日は休んでもいいから、明日だけはきてくれとお艶が泣声を出したが、おもよはふりかえらなかった。

おもよが気まぐれに借りた本の中に、こんな一節があった。近頃は、手跡指南所や遊芸の師匠になって、所帯を持ちたがらぬ女がふえた。とんでもない話だというのである。面白い本でも読みやすい本でもなく、借りたことをその時は後悔したが、今になってみると、もっと読んでおけばよかったと思う。

下練馬から出てきたおもよですら、夕暮れから料理屋で働いて、贅沢を言わなければ、洗濯や掃除をすませてしまった午後は、寝転んで合巻本を読む暇をつくることができる。母のように、花見だ、寄り合いだと出かけては酔って帰ってくる父に不平も言わず、店と姑の寝ている病間を往復するだけで一生の大半を使ってしまうことはないのである。

が、亭主と姑のために使ってしまいたくないと思った時を、お艶のために使ってしまうのでは、何もならないではないか。

わたしだってそろそろ昼も夜も料理屋で働いて、お金を貯めることを考えなくってはいけないんだ。

金をためて、お艶より気のきいた店を出し、自分が人を使うようにならなくてはいけない。お艶の店で、わずかばかりの駄賃をもらって働いている時ではなかった。

だが、気になる。三日たってから、おもよは、おはつに瀬川のようすを見に行ってもらった。おはつは下駄職人の女房で、亭主が仕事場へ働きに出かけ、一人息子の三吉が手跡指南所へ出かけたあとは、路地の掃除をしたり、煎餅(せんべい)を買いに行ったりして、のんびりと暮らしている。

一昨日(おととい)の夕暮れに、雷が鳴った。今日は曇り空に戻ったが、昨日は晴れて、長かった梅雨もようやく明けるらしい。これで洗濯物はとりこんでもらうだけですむと思ったが、考えてみれば、もう瀬川へ行くことはないのだった。瀬川で働いている間、おもよは、おはつに洗濯をしたものをあずけ、晴れ間を見ては干してもらっていた。

どぶ板が鳴った。やはり、おはつだった。「買ってきたよ」と言う声がして、おもよが頼んだ鮨折を下げて入ってきた。

「九つを大分過ぎたろう。腹は北山だよ」

おはつは、そう言いながら勝手に蠅帳を開けた。醬油差を出し、土間の棚から皿と湯呑みをおろして持ってくる。急須と茶筒は、盆の上にのっていた。

「どうだった」と早く聞きたい気持を抑え、おもよは、「三ちゃんはいいのかえ」と言った。

「ああ三吉は、お弁当を持って行った。読み書きのおっ師匠さんとこで食べるんだと。まったくもう、すぐに生意気を言うようになるんだから」

「いいじゃないか。お稽古がいやだと泣いて帰ってくるより」

「お蔭様でね。おもよちゃんだから話すけど、ほんとうはうちだって六つの六月から通わせたかったんだよ。それが、うちの宿六に堪え性がなくってさ」

去年の春、亭主の働いている仕事場に、得意先からの注文がこなくなったことがあったらしい。独立して仕事場を持った職人が安く仕上げるからと言ってきて、下駄屋の主人の気持が動いたのだった。手間賃が入らず、おはつは着替えや鍋、丼の類いを質入れするなどしてしのいでいたのだが、酒好きの亭主は、おはつもこれだけは手をつけなかった金、三吉が手跡指南所へ通う時の束脩にとためたのを縄暖簾で遣ってしまった。おもよも、おはつが大喧嘩の末、三吉の手をひいて差配の家へ駆け込んだのを覚えている。

「いやだねえ」

おはつは、太った軀を揺すって笑った。

「わたしと亭主に所帯を持たせたのは、差配の善兵衛さんだったんだよ。あの時はわたしも頭に血がのぼっていたからさ、あんな男と所帯を持たせたのは、どこのどいつだ、必ず三行半をとってくれと善兵衛さんに捻じ込みに行ったんだよ」

善兵衛がいくら宥めてもおはつの怒りはおさまらず、善兵衛と、善兵衛が助けを求めたいろは長屋の差配弥太右衛門が、三行半を書けという交渉に行ってくれたのだそうだ。が、おはつと伜に出て行かれて意気消沈していた亭主は、ひらあやまりにあやまって二人に仲裁を頼んだ。

「で、恩に着せて戻ってきてやったというわけか」

「お蔭でね。亭主はあんまり酒も飲まなくなったし、三吉は六つで入った子の面倒をよくみるって、おっ師匠さんに褒められるし」

おはつは、顔の造作がくずれるのではないかと思うほど口許も目許もゆるませて、「食べてもいいかえ」と尋ねた。おもよがうなずく前に穴子の鮨をつまみ、「瀬川のことだけど」と、甘煮の汁がついた指をなめた。

「今日も開いてはいたけどね、お艶さん、きりきり舞いをしていたよ」

おもよは、黙っていた。

「昨日と一昨日は、美濃久の女中が手伝いにきてくれたそうだよ。なかなかいい女で、評判を聞いたらしい男が押しかけてきて、昨日は押すな押すなの大繁昌だったんだってさ。近所の人の話じゃあ、お艶さんは、その女中さんにずっと手伝ってもらうことになったとか、女中さんのいる間に手伝いの女を探すとか言ってたらしいけど、今日はいい女の女中さんはどこにもいなかったね」

おそらくお艶は両手を合わせ、「お前だけが頼り」だとか何とか、調子のよいことを言ったにちがいない。美濃久の女中もはじめは気の毒に思って手伝いにきたのだろうが、店をまかせきりにして金策に飛び歩いているお艶を見れば、うまい具合に使われていると嫌気がさす筈だ。

「わたしが瀬川を眺めていたらね、近所のおかみさんが、働いてくれと頼まれなすったんですかって声をかけてきなすった。お艶さん、美濃久の女中さんにやめると言われたとたん、知り合いに片端から手伝ってくれと頼んでいるようだよ。が、そううまくゆきゃしないさ」

おはつは、鮨に手をのばした。

おはつの言う通り、女手が欲しい時の人探しはむずかしい。おもよの読んだむずかしい本にも書いてあった通り、所帯を持ちたがらぬ女や亭主と別れてしまう女はふえているのだが、そういう女達は、手跡指南所や遊芸の師匠になったり、或いはお艶のように料理屋で働いて金をため、自分の店を持とうとしたり、行末も暮らしに困らぬようにと考えている。瀬川のように、昼は大盛りの茶飯が売りもののため客の心附けが少なく、手伝いだからと雀の涙の駄賃が渡されるようなところでは、働きたいと思う女などいるわけがなかった。

「気が重いんだろう」

おはつは、上目遣いにおもよを見た。

「気にすることたあないよ。お艶さんだって、何とかやってくよ。友達甲斐のない女だって、おもよちゃんのことを罵りながらね」

「だから、いやなんじゃないか」

「お前がわるいんだよ」

　おはつは笑って、三つめの鮨に手をのばした。

「友達の店になんざ手伝いに行くものじゃないよ。お給金を貰や、そのとたんにお前は奉公人だ。ま、お艶さんのこった。ろくな給金を出しゃしないと思うけど、お艶さんは、飼い犬に後足で砂をかけられたような気になっているよ」

「何を言ってるんだい。手伝いがいなくて困っていると言うから、こっちは仕方がなく行ってやったんだ。それで悪口を言われるんじゃ、こっちが砂をかけられたような気分だよ」

「そこさ」

　と、おはつは言った。

「お前がいなくっても、瀬川は何とかつづくよ。が、お艶さんがいなくなったら、たちまち潰れる。お艶さんが女将で、お前は手伝いだからだよ。だから、お前が瀬川の行末を気にするこたあない」

「そりゃそうだけど」

「うちをご覧な。あの通りののんだくれ亭主で、わたしがいなけりゃ、どうしようもないって皆さん言ってくれなさるけど、わたしが死んだって、亭主は路頭に迷わないよ。癪(しゃく)にさわるけど、明日(あした)っからの暮らしに困るのは、わたしの方なんだ」

「だから、わたしも昼から磯浜で働こうと思っているんだ。遅蒔(おそま)きながら、わたしもお金をためようと思ってさ」

おはつの鮨を食べる手がとまった。妙だとは思ったが、おもよは穴子に手をのばした。その鮨を食べおえても、おはつの手は膝の上に置かれている。「どうしたの」と、おもよが言うのを待っていたように、おはつが口を開いた。

「あのね、わたしも働こうと思っているんだよ」

おもよは、煮汁で汚れた指を拭くのも忘れておはつを見た。おはつは、二度の流産の末に生れた三吉が可愛くて、三吉が路地で遊んでいる時でさえ、目を離すことができない母親だった。よい内職でも見つけたのかと思ったが、おはつは、言いにくそうに言葉をつづけた。

「うちの亭主が腕のいい職人ならいいけどさ。独り立ちなんざできるわけがないし、去年のように親方の仕事場に仕事がこなくなることもあるだろうし。去年は仕事をくれと言ってきた職人が、うちの亭主とどっこいくらいの腕前だったからよかったけど、腕がよくて親方んとこの仕事が減っちまったら、真っ先にお払いものになるのは、うちの亭主だからね」

だから、おはつも働くというのだろう。

「三吉もお弁当を持って手習いに行くから、手がかからなくなったし。あの子が一人前になるまで、母親のわたしが頑張ってやろうと思って」

「偉いね、おはつさんは」

「それでさ」

また、上目遣いにおもよを見る。

「煙草屋のおみねちゃんが頼まれてきたんだけど、門前仲町の女のお師匠さん、ほら、三味線のさ。あのお師匠さんとこの女中さんが寝込んじまったんだって。それで、昼前に掃除だけでいいからしてくれないかっていうんだよ。女中さんが元気になるまでの仕事だけど、あそこならお師匠さんの昼ご飯くらいこしらえてきたって、三吉が帰ってくるまでにゃ、うちに着いているからね。ひきうけることにしたんだよ」

「ふうん」

「だから申訳ないけど、おもよちゃんが昼から働くとしても、もう陽射しを見て洗濯物を干したり、とりこんでやったりはできないよ。梅雨があけたようだから、これからは大丈夫だろうけど」

そんなことはない。これからは夕立がある。物干竿は、それぞれ自分の家の軒下から向いの家の軒下に渡してあるが、おもよは幾度、出かける前に干していった洗濯物をおはつにとりこんでもらったかわからない。夏の盛りは朝の洗濯物が昼頃にかわくが、汗をかくことの多い時でもある。この陽射しなら大丈夫だろうと、汗まみれになった浴衣を昼に洗い、干して行くと夕立が通り過ぎる。

「わたしもさ、自分のうちのことは朝早くに片付けて出かけなければならなくなるから」

「そうだね」

と、おもよは言った。ことによるとおはつは、おもよが瀬川をやめ、今まで通り八つ半過ぎに家を出て磯浜へ向かうのならば、自分が洗濯物をあずけて行きたかったのかもしれなかった。

今日は、いろは長屋の差配、弥太右衛門が自身番屋に詰めているのかもしれない。木戸番小屋から出てきた笑兵衛が、おもよに気づいて軽く頭を下げた。眠らなければだめだとお捨に叱られながら、それでも将棋をさしに行くつもりなのだろう。

「急に暑くなったねえ」

と言って、おもよの近づくのを待っている。無口な笑兵衛にしては、めずらしく愛想がよかった。おもよは会釈を返した。笑兵衛は、小屋をふりかえっている。おもよが来たと、お捨を呼んでいるらしい。

お捨が番小屋から出てきて手を振った。番屋からも少し背の丸くなった男があらわれて、おもよを手招きしている。弥太右衛門だった。

「ちょうどいいところへきた。うまい饅頭（まんじゅう）をもらったんだよ。笑さんは食わねえだろうから、お捨さんとお前（めえ）で食べな」

「嬉（うれ）しい」

おもよは駆足になった。半分に引き裂いた経木（きょうぎ）の上にのっている、まだぬくもりの残っている饅頭を弥太右衛門から受け取って、おもよはここ数日、胸に重たくたまっていたわだかまりが消えていることに気付いた。

お艶の店、瀬川は、客が目に見えて減っているらしい。いそがしさに、お艶が声を荒らげることがあったからだという。手伝いは見つからず、お艶は、こうなったのはおもよのせいだと言っているそうだ。が、借金の借り替えはうまくいったようで、三味線の師匠の家で働き始めたおはつは、その料理屋の主人が時折瀬川にきているらしいと話していた。稽古にくる人達の噂話が、台所を片付けていても耳に入ってくるようだった。

「だから言っただろ。おもよちゃんがいなくなっても、女将のお艶さんがいれば何とかなるんだって。少々さびれた店になったって、お艶さんの腕がわるいんだ、お手伝いのおもよちゃんが気にすることはない」

と、おはつは言った。が、客が減ったのはおもよのせいだとお艶が言っていると聞かされて、いい気持のするわけがない。野暮なお艶がなぜ人に好かれるのか、なぜ一軒の店の持主になれるのかと、瀬川の繁昌を妬ましく思っていたこともあって、なお、うしろめたいのである。

「おいおい、笑さんの相手は俺がするんだよ」

弥太右衛門が、あわてて番屋の中へ入って行った。書役の太九郎が、将棋盤の前に坐ったのかもしれなかった。

お捨は番小屋の部屋に上がって、長火鉢の炭を掘りおこしている。湯を熱くして、茶をいれてくれるつもりなのだろう。おもよは上がり口に腰をおろしたが、人足らしい男が草鞋を買いにきた。立ち上がったおもよを制して、お捨が土間へおりて行く。草鞋を軒下からおろしていると、通りかかった手代風の男が足をとめて、鼻紙をくれと言う。お捨の応対はていねいだった。

受け取った銭をざるに入れて、お捨が部屋へ上がってきた。

「小母さんも、おいそがしいんですね」

「そう。猫の手も借りたいくらい」

お捨がころがるような声で笑う。

「お手伝いが入り用」

「まさか」

お捨は、茶筒の蓋を開けた。

「でも、女の人がいそがしくなると大変ですよ。この間、煙草屋のおみねさんがみえなすってね、おみねさんが稽古に通ってなさる三味線のお師匠さんとこの女中さんが患いついたって話をしてゆかれたのだけど」

「知ってます。うちの向いのおはつさんが、お手伝いに行きました」

「そうなんですってねえ」

よい香りのする茶が出された。

「あそこのお師匠さんはお弟子さんが多くって、目のまわるほどおいそがしいんですってね。それで女中さんに寝込まれたのじゃ、大変だろうと思うけど。おはつさんも、お子さんがいるというお話だし——あら、せっかくのお饅頭がつめたくなっちまう」

お捨は、お先にどうぞというように、白くふっくらとした手を盆の方へ向けた。

「女の人はいそがしくなると、女の人の手助けが入り用なんですよねえ。三味線のお師匠さんだけじゃない、お艶さんだっていそがしくなって、女の人の助けが欲しくなって、おもよさんに手伝ってもらったわけでしょう？　そのおもよさんがもし、お店を持ちなすっていそがしくなったら、おはつさんにお手伝いを頼むかもしれない。でも、おはつさんがおもよさんのお店を手伝うのが面白くなってしまったら、伜さんの面倒をみてあげる人が欲しくなるでしょう？　その人が伜さんの面倒を朝から晩までそれも夜遅くまでみるようになったら、その人のおうちのことをする人がいるわけだし。いつになっても終りにならない」

真面目な顔で言っているお捨を見ているうちに、おもよは笑いたくなった。

「ほんと。わたしがおはつさんに手伝いを頼んで、おはつさんが小母さんに三ちゃんの面倒をみてと頼んだら、小母さんは、おみねちゃんにでも番小屋の留守番を頼まなければならなくなる」

「いえ、うちの留守番は笑兵衛と弥太右衛門さんに頼めばいいの。少しは眠っておけと言うのに、いつも将棋ばかりさしているんですもの」

　お捨は頬をふくらませてみせた。番屋からはちょうど、「待った、待った」という弥太右衛門の大声が聞えてきた。

「これっきり、これっきり待ったはしないから、勘弁してくんなよ。そこで王手だとは気がつかなかったんだから」

　待ったが認められる程度の将棋らしい。土間の向うは澪通りで、澪通りにも番屋の入口にも、今年の夏の暑さを予感させる陽が射している。陽射しを見つめていると、川音が聞えてきた。大島川と仙台堀の枝川は、これほど高い音をたてて隅田川に流れ込んでいたのだと、あらためて気がついた。

「わたし、お店を持ちたいなんて思うの、やめちまおうかなあ」

「どうして」

「自分のと、おはつさんとこの洗濯物を干してあげて、お昼ご飯を食べたら少し貸本を読んで、日暮れから働いていてもいいような気になってきた。これからもずっと」

「疲れてなさるの」

　気持は萎えていたが、おもよはかぶりを振った。「よかった」と、お捨が笑った。

「年寄りみたようなことを言いなさるから、びっくりしちまった」

「年寄りくさくなりました？　わたし」

「とんでもない。おもよさんは、若くってお綺麗ですよ。だからわたしは、働けばきっとお店が持てると思ってたの。それなのに、諦めたようなことを言いなさるでしょう。どこか具合でもわるくなったのかと、びっくりしちまって」

店と姑の病間とを往復していた母の姿が目の前をよぎった。だが、母にとっての姑、おもよにとっての祖母も、店と彼女の姑の世話で明け暮れていたのかもしれないのである。母や祖母にとって、店番を雇うとか、姑の面倒をみてくれる女を雇うなどという考えは、頭に浮かびもしなかったのだろう。そして多分、下練馬の近所には、生家の店や家の中のことを手伝える女もいなかったにちがいない。おもよの生家を手伝うことにすれば、その家が商家であれ農家であれ、手伝いに出た女の仕事を補ってくれる者を雇わねばならなくなる。

「きめた。一所懸命働いて、お店を出します。大繁昌のお店を持って、おはつさんを雇うのもいいけれど、わたしのお店でたくさんお給金をもらってやろうと思う人もいるかもしれないし」

澪通りは白く光っていて、川音は絶え間なく聞えてくる。

「お給金はこれだけだよってその人と喧嘩して、わたしとその人が、かわるがわる小母さんに悪口を言いにくるのも面白いし。第一、大繁昌のお店を持てれば、おっ母さんに江戸見物をさせてやることもできますものね」

「そうねえ。江戸もいいところだから」

番屋からはまた、「もう一度、頼む、もう一度だけ待ったをさせてくれ」という弥太右衛門の大声が聞えてきた。

# 第二話　初恋

長火鉢にかけてある豆の煮汁が噴き上がって、女房があわてて鍋の蓋を取った。それで目を覚ましたつもりだったが、気がつくと、行火の布団に頬をつけて眠っていた。読んでいた筈の本も、布団の上に落ちている。弥太右衛門は、本を拾い上げながら苦笑した。煮豆の鍋は確かに長火鉢にかかっているが、煮汁が噴き上がったのは夢だったらしい。

昨夜は自身番屋の当番だった。が、一緒に詰めていたのが差配にしては若い久五郎と書役の太九郎であったのをよいことに、仮眠をとりつづけていたのだった。深川中島町は昨夜も平穏無事で、弥太右衛門はむしろ、家の寝床に入っている時より長くて深い眠りをむさぼっていたかもしれない。

女房が立ち上がった。煮豆の加減をみながら正月に着る綿入れを縫っていたのだが、糸が足りなくなったらしい。揖取稲荷の隣りにある糸屋は色が揃っているからと、女房はたすきをはずして袂に入れた。予想した通り、煮豆の汁がなくなったら鍋をおろしてくれと、当然のように頼まれた。

「わたしが行くよ」
と、弥太右衛門は言った。煮豆の番は苦手である。女房が鍋の蓋を開けると、必ず汁がなくなっているのだが、弥太右衛門が開けて、なくなっていたためしはない。始終開ければ、やわらかくなる暇がないと女房に怒られるし、焦げつかせれば、なお叱られる。それよりも揖取稲荷のある富吉町（とみよしちょう）まで使いに行く方がよかったし、目も覚めそうだった。

外へ出たとたんに目が覚めた。つめたい風に首をすくめながら富吉町へ行き、見本に持たされた糸と同じ色を買う。仙台堀（せんだいぼり）の枝川にかかっている福島橋を渡って、家の近くまで戻ってきたところで、弥太右衛門は足をとめた。

深川中島町は三方を川でかこまれていて、中州のように見えるところからそう名付けられたという。が、枝川の反対側、町の東を流れる黒江川沿いには、楔（くさび）を打ち込んだようなかたちで北川町があった。二つの町の間には、路地と言ってもよいような横丁があり、弥太右衛門の家は、中島町側の角（かど）にある。弥太右衛門が差配をつとめているいろは長屋は、横丁の奥にあった。その横丁へ、編笠（あみがさ）をかぶった武士が入って行ったのである。

いろは長屋には、一目で「わけあり」とわかった夫婦が住んでいる。急にひえこむようになった、二月ほど前の朝に越してきた。しかも、家を借りにきた時が尋常ではなかった。病気の亭主と所帯道具を乗せた荷車を外に待たせ、「空家の札を見た」と言って、女房が弥太右衛門の家へ飛び込んできたのである。

亭主は、あきらかに労咳だった。その病いが嫌われたのだろう、住んでいた一色町の長屋を追い出され、この寒空の下で途方に暮れているというのだが、いくら病人を早く家の中に入れたいと言われても、すぐに「どうぞ」とは答えられなかった。一色町の長屋の住人が嫌うなら、いろは長屋の住人も、この病人を嫌うにちがいなかった。

それでも荷車の上で目をつむったままの病人を見ると、断ることもできなかった。弥太右衛門は、路地に立ってようすを眺めていた長屋の女房達を集め、すぐに出て行ってもらうからと、あまり守れそうもない約束をして夫婦を空家へ入れたのだった。言うまでもなく、長屋の女房達との約束は守っていない。

ただ、厄介事をかかえ込むことになるのも恐しいので、笑兵衛を夫婦に会わせた。女房はおしず、亭主は年松となのっているが、亭主はともかく、女房は偽名だろうと笑兵衛は言う。亭主が下駄の歯入れ屋だというのはほんとうでも、女房は武家の出らしいとも言った。これで「わけあり」でないわけがない。

武士がいろは長屋に行ったとはかぎらないが、このあたりに武士が訪れる家があるとも思えない。武士がいろは長屋へ行ったのだとすれば、たずねる相手はおしず年松夫婦ではないか。もし、もしもの話だが、おしずが武士を捨てて年松の許に走ったのだとしたら、弥太右衛門はどうすればよいのだろう。長屋で女敵討などをやられたら、大変なことになる。そんなところに居合わせたくないが、知らなかったではすまないだろう。

「しょうがない。行くか」

弥太右衛門は、武士を追って横丁へ入った。先刻の武士が編笠を取り、弱りはてたような顔をして立っていた。長屋は、いろは長屋を含めて中島町側と北川町側に二つずつあるので、どこへ行けばよいのかわからなくなったのかもしれなかった。

ほっとしたように、武士が弥太右衛門を見た。こなければよかったと思ったが、後戻りもできない。弥太右衛門は、声をかけられぬように横を向いて通り過ぎようとした。

「すまぬが、少々ものを尋ねたい」

武士の声だった。弥太右衛門は聞えぬふりをした。武士は足早に追ってきて、弥太右衛門の前に立った。三十二、三と見える男だった。

「このあたりの長屋に、紫野という女はおらぬだろうか。わけあって、紫野となのっておらぬかもしれぬが、年齢は二十六になる」

「さあ」

おしずのことだろうとは思ったが、弥太右衛門は首をかしげた。

「心当りはございませんが」

「そうか。足をとめさせてすまなかった」

武士は、軽く頭を下げて歩き出した。万事重畳と、弥太右衛門は思った。が、長屋の木戸のうちから重苦しい咳が聞えてきた。咳が聞える家の向う三軒両隣りの戸が開いて、「またかえ」「わるい病いじゃないだろうねえ」と、女房達が眉間に皺を寄せた顔を見合わせた。

「おや、差配さんだよ」

「差配さんもご存じだろうけど、このところ、ひっきりなしなんですよ、あの咳が」

「長屋中にあの咳が伝染る前に、差配さんがいくらかのおあしを上げなすってさ、出て行ってもらった方がいいんじゃないですかねえ」

おしずの悲鳴が聞こえた。力まかせに戸が開けられて、血相を変えたおしずが飛び出してきた。

「誰か、誰かすみませんが、お医者さんを呼んできて下さいまし。お願い……」

あわてて木戸の中へ飛び込んだ弥太右衛門のうしろから、その声は聞えた。

「紫野──」

「紫野。わたしだ、兄の勢之助だ。お前は、兄の顔も忘れたのか」

年松の容態が急変したにちがいない時に、不義はお家のご法度という修羅場にならないでよかったと、弥太右衛門は、胸を撫でおろしておしずの家に入った。年松は大量の血を吐いて、夜具を赤く染めていた。


弥太右衛門が呼んできてくれた医者は、年松の吐いた血を見てもっともらしく首をかしげ、脈をとっただけで帰って行った。手のほどこしようもないことは、紫野にもわかっていた。

その上に、この貧乏所帯である。薬を調合しておくと言ってもらえただけでも、有難いと思わねばならないだろう。その薬を、弥太右衛門が取りに行ってくれた。ただ、薬も気休めに過ぎまい。紫野は、年松がこのまま眠りつづけ、苦しまずに逝ってくれることを、むしろ祈っていた。

年松の枕許には今、紫野と兄の楠田勢之助が坐っている。一色町の長屋へは幾度かきてもらったが、中島町へ移ったことは知らせなかった。勢之助が、婚家へ戻ってくれぬかと言い出したからだった。一色町の長屋を出てきたのは、労咳の年松を見る目のつめたさに、いたたまれなくなったせいもあるが、たった一人の味方と思っていた兄の、その言葉のせいでもあった。そなたを商家へ嫁がせたのは偏に楠田の家の貧しさゆえ、そなたを金で買われた嫁にしたのはこの兄であり、父上であった、婚家の甲州屋は町人、女敵を討つとは言うまい、金ですむことならわたしが何とでもするとは、兄が繰返し言っていたことではなかったか。

だが、勢之助は、眠っている年松の枕許で二度と聞きたくないその言葉を口にした。帰ってくれと、紫野は答えた。帰れないと、勢之助は言う。返事を聞くまではと言うが、婚家へは戻れないという返事であれば、やはりこれでは帰れないと言うだろう。

「実は、父上が倒れてしまわれた。まもなく、わたしが楠田家の当主となる」

耳を塞ぎたかった。親戚の不始末の尻拭いをしたために、父の寿左衛門が上役から咎めをうけそうになり、それを避けるための金を得ようと、紫野が出入りの甲州屋へ嫁いだのである。父の寿左衛門が手にした金は三百両、これで楠田の家名に傷をつけずにすむと涙をこぼし、紫野も、父や母や兄が助かるのならばと、その時は思った。

今も思わないではないが、その前に自分のことを考えたい。紫野は、十六の年齢から十年間も甲州屋で辛抱していたのだ。

「わかっている。わかっているが――頼む、甲州屋へ帰ってくれ。年松の面倒は、わたしがみる」

「お断り申し上げます」

紫野が婚家を飛び出す決心をした時に、ただ一人打ち明けたのが、兄の勢之助だった。勢之助は、「わたしの口から逃げろとは言えぬが」と言いながら、妻の美弥が嫁入道具として持ってきた懐剣を質に入れ、年松と暮らすに必要な当座の金をつくってくれた。

「兄上様が甲州屋へ戻れとおっしゃるなど、私は考えたこともございませぬ。兄上様も、私より楠田の家が大事なのでございますか」

返事はない。

「甲州屋が、婚礼の支度金を返せと言ってきたのでしょうか」

「言ってきた。半年前、そなたが甲州屋から逃げ出したすぐあとのことだ」

「私は、十年間も甲州屋広太郎の妻の役目をつとめました。広太郎や姑や店の者達が私にどういう仕打ちをしたか、広太郎にでも番頭にでもお尋ねになって下さいまし」

真綿問屋、甲州屋安兵衛（やすべえ）は、伜（せがれ）の広太郎が紫野に一目惚れをしたと言った。一目惚れをしたのなら大事にしてもらえると、父の寿左衛門は思ったにちがいない。紫野も、そう思った。それだから嫁いだわけではないが、そう自分を慰めていたのは事実だった。

が、広太郎は、一年たたぬうちに若い女中に手をつけた。女中に暇を出すと、水茶屋の女と深い仲になり、水茶屋の女が若い男に心を惹（ひ）かれると、三味線の師匠の後楯となった。その間に、吉原の大門（おおもん）をくぐって散財していたことは言うまでもない。

姑は、紫野がつめたい性格だから広太郎が女遊びをするようになったと言った。舅（しゅうと）にも、同じようなことを言われたことがある。愛想がよいとは自分でも思えぬ紫野は、そんなこともあるかもしれぬと思い、すべて自分がわるいと自分に言い聞かせて、広太郎に精いっぱい尽くしていた。そんな紫野を見て気の毒になったのだろう、隣家の葉茶屋問屋の女房が、広太郎の女癖のわるさは昔からのものだったと教えてくれたのである。姑のおつねは、広太郎の惚れた女を女房にするので、これから素行（そこう）がおさまるのではないかと話していたというのだ。

紫野の気持は萎（な）えた。どんな事情で嫁いできたにせよ夫は広太郎一人、寄り添っていればいつかは溝のない夫婦になれると信じていた気持もどこかへ飛び散った。急速にひえた紫野の気持はすぐ広太郎に伝わり、広太郎や舅や姑に言葉で伝えられて、紫野の居場所はなくなった。「金で買われた嫁のくせに」と、おつねが言ったのである。

金で買われた嫁だってさ。何だい、金で買われた岡場所の女と同じじゃないか。

女中達は皆、地方から江戸へきている。年貢の重たさを知っていて、年貢を取り立てる武士に対する反撥もあったのかもしれない。甲州屋は据風呂のあるのが自慢だったが、紫野が湯殿へ行くと、しばしば湯が落とされているようになった。小僧も、わざとのように突き当って、知らぬ顔で行き過ぎる。おつねや安兵衛が、それを咎めることもなかった。

「そんなところで、私は十年も辛抱していたのでございますよ」

「わかっている」

「わかっておいでなら、このままそっとしておいて下さいまし。年松は、この通りの躯でございます。長いことはございますまい。私は、年松のあとを追うつもりでございます。私がいなくなれば、甲州屋も三百両を返せとは申しますまい」

「ばかを申すな。それだけ苦労をした妹を、兄が自害させたいと思うか」

「お話し申し上げたではありませんか。あの頃、年松はたった一人、私の身を気遣ってくれた者でございました。私を気遣ってくれる者となら、どこへ参りましても極楽、甲州屋へ戻るのは地獄へ行くのにひとしゅうございます」

「だが、父上は」

そこで勢之助は口をつぐんだ。紫野は、勢之助が次の言葉を口にするのをじっと待った。

「わたしは、父上を医者に診せたいのだ」

紫野は兄を見つめた。兄は、同じ言葉を繰返した。

「では、お父上様は臥せっておいでになるだけで」

「医者は呼ぶなとおっしゃるのだ。これは、娘を金目当てで嫁がせた罰だからと」

目をそらすまいと思ったのだが、膝の上に置いている自分の手が見えた。

「もう一つある。甲州屋は、そなたが逃げたことを表沙汰にしてもよいかと言ってきた。嫁に逃げられたと陰口をきかれてはいるが、表向きはまだ、そなたが患って湯治に行っていることになっているそうだ」

「私を地獄へやれば、何事もうまくおさまるとおっしゃるのですね」

「すまぬ。わたしは伜として、父上を医者に診せたい。紫野は、広太郎の詫びにうなずいて甲州屋へ戻ったと嘘をついて、父上を安心させたいのだ。妹の身の上は、父上が恢復なされてから考えたい」

すべての原因をつくった父の弟、紫野には叔父にあたる後藤好三郎を、生涯恨みたくなった。

好三郎は、三百石取りの旗本、後藤家の養子となった。楠田家の家禄は二百五十石で、恵まれた養子縁組であったと言えるだろうが、後藤家は無役の小普請組だった。好三郎は、自分が役職につけば、養父母に好いてもらえると思ったらしい。

しかも役高が五、六百石という役職を望んでいたようで、諸方にかなりの金を撒いたようだった。たとえば五百石の御小納戸衆に取り立てられたとすると、足高として二百石が支給される。三百石の後藤家にとっては、有難い収入なのである。

だが、知行三百石の収入は、四公六民の割合で百二十石しかない。精米すると、そのうちの二割が減ると言われ、百二十石が九十六石となって、おおよその計算ではあるものの、金に換えると九十六両になってしまう。若党、中間など武家の体面を保つための奉公人に給金を払いながら、一年を九十六両で暮らさねばならないわけで、上役達へ附届などできるわけがなかった。

それでも、好三郎は、附届や接待をしていたのである。借金に借金をかさねてのことだった。どれくらい借りていたのか紫野は知らないが、ついには高利貸が、前の借金を返さぬうちは鐚一文貸さぬと言い出したのだから、その金額も想像がつこうというものだ。

貸さぬという言葉のあとは、無論、催促である。すさまじい催促に、好三郎は青くなった。青くなって、兄に助けを求めた。が、楠田家とて借金がないわけではない。二百五十石という家禄は、先祖が得た時は暮らしてゆくに充分であったかも知れないが、時移り日過ぎた今、母や紫野が内職に手を出すほどの収入になっていた。収入は昔から米で二百五十石の四公六民、米の値の上下はあるものの、売り払う値の高い時は凶作で二百五十石が百五十石になっている時すらある。楠田家の収入は変わらないと言ってもよい。商人のように、商品の値を高くして収入を増やすことはできないのだ。言葉を換えて言えば、物の値上がりについてゆけぬのである。好三郎にもそんなことはわかり過ぎるくらいわかっていた筈だった。思いがけず生家より家禄の高い家へ養子にゆくことができて、気負いすぎてしまったのだろうか。

出入りの商人に多少融通をしてもらっていた寿左衛門が、助けてくれという弟の声に手をこまねいていると、当時まだ生きていた祖母が、女中に言いつけてそっと質屋を呼んだ。勢之助によると、祖母は、寿左衛門より好三郎の言うことを聞いてやるようなところがあったらしい。自分の櫛笄（くしこうがい）だけを質入れするのならよかったのだが、それだけでは好三郎の言う「利息だけでも」という金額にならず、嫁――紫野の母の持物にも手をつけてしまった。それが、母のものではなかったのである。母の兄が友人から茶碗の目利きを頼まれて、「それならば妹の夫の方がよい」と、母にあずけたものだったのだ。

質屋は大喜びで茶碗を受け取っていった。母はすぐ茶碗のないことに気づいたが、祖母は、しばらくの間黙っていた。良心の呵責（かしゃく）に耐えかねて打ち明けた時は、質屋が置いていった金は好三郎から高利貸に渡っていて、楠田家には請け出す金がなかった。

母の兄は、「当家の茶碗であればかまわぬのだが」と言ったという。当然のことだった。父は、商人から金を借りるほかはなかった。その相手が、甲州屋だったのである。

高利貸ほどのすさまじいものではなかったそうだが、利息はついていた。知行地は豊作がつづいていたそうだが、豊作であれば米の値は安い。借金はおろか利息の返済のできるわけもなく、弱りはてた寿左衛門に、甲州屋安兵衛は「実は——」と切り出した。一度、安兵衛にかわって広太郎が利息を受け取りにきたことがあるが、その時に紫野を見かけ、以来、鬱々（うつうつ）としているというのだった。

「嫁（い）ってくれるか」

と、父は言った。さすがに祖母も反対した。母の兄も、「そこまでしなくとも」と当惑顔だったそうだ。が、すでに好三郎の借金は、小普請支配（こぶしんしはい）の耳に入っていた。好三郎の実兄である寿左衛門の借金が人に知られれば、好三郎に何らかの沙汰があるかもしれなかった。

紫野は十五歳だった。「嫁ってくれるか」と言われて、自分で判断できる年齢ではなかった。うなずいたきっかけは、祖母が自害をしようとしたことだった。懐剣で胸を突こうとした祖母の手は、母がとめた。祖母は無事であったが、自分が嫁がねば楠田家に恐しいことが起こるのだと紫野は思った。そんなことはないと勢之助がいくら打ち消してくれても、その思いが紫野の胸からなくなることはなかった。

紫野は、十六歳で甲州屋広太郎の女房となった。甲州屋からの借金は帳消しとなり、支度金として渡された三百両で、好三郎の借金もおおかたは返すことができた。これほどの孝行者はいないと泣いた祖母も、今はこの世にいない。自分が茶碗をあずかってこなかったならと口癖のように言って目頭をおさえていた母も、三年ほど前に他界した。紫野は、その野辺の送りにさえ行かせてもらえなかった。

「今頃になって、叔父上に役付きの話が出てきたそうだ。もっとも、叔父上の奥方となられた人の実家が動いたようだが」

と、勢之助が言った。

「それで――不義者はどうすると言ってきた」

「不義者ですと」

「叔父上にそんなことは言われたくない、わたしもそう言いたい。実際、父上の枕許で、そう言ってやった。が、紫野のしたことは不義ではないのかと言われれば、口をつぐむほかはない」

「不義ではございませぬ。私は、お金ゆえに甲州屋へ参りました。売られた女であっても、広太郎の妻ではございませぬ」

「だが」

「年松は、私が生れてはじめて好きになった男でございます。好きになって、夫婦となったのでございます。どこが不義でございましょう」

「それで世間が通ると思うか」

「通ります、この深川の中島町では」

「愚かなことを。叔父上を見返してやるためにも、甲州屋へ帰れ。甲州屋へ帰って、楠田の家の者は皆、立派に生きているのだと胸を張ってやれ」

「年松と生きて、私は胸を張ります」

「まだ言うか」

出入口の戸が開いたのは、その時だった。

「ごめんよ、遅くなって。薬をもらってきたよ」

弥太右衛門の声だった。


やはり、笑兵衛に打ち明けておこうと思った。

が、町木戸は夜になれば閉める。その木戸を、やむをえぬ用事がある者のために開けてやるのと夜廻りとが仕事の木戸番は、朝になってから寝床に入る。弥太右衛門は、遠慮がちに木戸番小屋をのぞき込んだ。

「あら」

笑い声がはじけた。お捨が雑巾がけの水を捨てようと、小屋の外へ出てきたのだった。

「めずらしいこと。何を遠慮なさっておいでなの。疲れたと言いながら、笑兵衛はまだ、ぐずぐずと起きておりますし」

「いや、将棋をさそうというのじゃないんだよ」

弥太右衛門は、あわてて手を振った。ふっくらとして、色白で、品のよいお捨に会うと、いまだに胸のときめくことがある。気兼ねのない口がきけるだけでも嬉しいのだが、昨夜、二人で初詣でに行く夢を見て、今朝は女房の顔をまともに見られなかった。

「将棋じゃないんですか。まあ」

お捨は、ころがるような声で笑った。

「これから雨が降るのかしら。今、お茶をいれますから、どうぞお入り下さいまし」

「そうさせてもらうよ」

弥太右衛門は、小屋の中へ入った。笑兵衛は、二つに折った布団へ寄りかかって、急いで手にすることもない引き札を読んでいた。新しく売り出す菓子をひろめる引き札のようだった。

「なあ、笑さん」

弥太右衛門は、上がり口に腰をおろした。笑兵衛は気のない返事をして、まだ引き札を眺めている。弥太右衛門は、手代風の男に道を教えているお捨をふりかえって声をひそめた。

「立ち聞きってのは、やはりわるいことだろうね」

「事と次第によるだろう」

笑兵衛はようやく顔を上げて、重い口調で言う。

「それじゃ、こういうのはどうだ」

弥太右衛門は、不義をしたの、いやはじめて好きになった人だのと、聞いてはいけない話が次々に聞えてきて、出入口の戸を開けるに開けられなくなった場合を言った。

「おしずさんか」

笑兵衛は、引き札を置いて軀を起こした。


紫野——おしずの姿を目で追っている年松を見て、おしずは、のどが渇いたのかと尋ねた。

「いいや」

年松はわずかに口許をほころばせた。死んだように眠っていた昨日にくらべ、笑うだけの気力が出てきたようだった。

「その、何だ。てれくさいが、その、礼を言っておこうと思って」

世話になったと言うつもりだったのだろう。が、重苦しい咳が、その言葉を阻んだ。

おしずは、うつぶせになった年松の背を、夢中でさすった。また血を吐くのではないかと思ったが、案外に早くおさまって、もういいというように年松が手を振った。

「伝染(うつ)るといけねえ。もっと離れていな」

「伝染りませんと、言ってるじゃありませんか。いっそあなたと同じ病気になりたいのに、こんな丈夫な軀に生れてしまって」

「丈夫な軀で結構じゃねえか。罰(ばち)の当るようなことを言うんじゃねえ」

　年松は、軀を起こそうとして、ふたたび咳込んだ。が、寝かせようとするおしずの手を振り払って起き上がった。

「言っておきてえことがある」

「あとになさいな」

「だめだよ。くたばる前に言っておかにゃならねえ」

　年松は、熱のある人間に特有の黒々とした目をおしずに向けた。

「昨日、兄(あに)さんがみえただろう」

　かぶりを振ろうとしたが、うなずいた。死んだように身じろぎもしなかったので、眠っているとばかり思っていたのだが、年松の意識ははっきりしていたらしい。

「俺にゃ、天涯孤独の身の上だと言っていたぜ」

　そうだった。知り合った頃から、年松はいやな咳をしていた。まだ労咳とは思いたくなかったようだが、血を吐いて死んでいった祖母のことをしきりに気にしていた。

身寄りがないと嘘をついたお蔭で、「ひとりぼっちなら、俺でよければ、うちへきねえ」と言ってくれたが、飯田町に父と兄夫婦、甥が二人もいるなどと話したなら、年松は、近寄ってもきてくれなかっただろう。

「嫁入り先を追い出されたというのも、嘘だった」

怒っているのじゃねえぜという言葉を、年松は、二つに分けて言った。息がはずんできたのだった。

「が、俺あ、嫁入り先が甲州屋と聞いた時から、お前が飛び出してきたのだと思っていたが」

「また咳が出ます。話はあとにして、休んで下さいましよ」

「あそこの若旦那は、若い娘に手を出しては揉め事を起こしている。俺あ、逃げ出してきたと気がついたから、ほかのことは何も言わず、一色町の長屋の差配さんに、何分よろしく頼むと言ったんだ」

「覚えています。覚えていますから、軀を横にして下さいな」

あれは、今にも雨の降り出しそうな夕暮れだった。紫野は、鼻緒のきれた下駄を下げて、永代橋の上に立っていた。広太郎の浮気はお前のせいだとおつねになじられて、甲州屋を飛び出してきたのだった。

風が強くなって、隅田川に白い波頭のたっているのが、こちらへこい、この中へ飛び込んでしまえと呼んでいるように思えた。紫野は、鼻緒のきれた下駄を下げたまま歩き出した。河原へ降り、そのまま水の中へ入って行くつもりだった。

が、橋を渡りきったところで声をかけられた。あの時の声は、今でも覚えている。遠慮がちな声だった。遠慮がちではあったが、紫野がそれまでに聞いたことがない、やさしい声だった。それが、年松の声だった。

「鼻緒がきれているのでございましょう？」

と、年松はやはり遠慮がちに言った。

「よろしければ、すげて差し上げますが」

何と答えたのかは、覚えていない。記憶に残っているのは、年松が自分の手拭いを裂いたことと、その切端で器用に鼻緒をすげてくれたことだった。

「商売が下駄の歯入れ屋ですから。いつもは安い鼻緒の一つくらい持っているのですが、あいにく、お得意様に差し上げてしまいまして」

紫野はかぶりを振った。一文の銭も持っていなかったのである。が、年松は、おそるおそる紫野が下げている下駄へ手をのばした。

「困った時は、お互い様じゃありませんか」

紫野は、年松を見た。

困った時は、お互い様じゃありませんか。

こんな言葉を、いったい誰が紫野に言ってくれただろう。年松はさらに言った。

「裸足でこの寒空はつろうございますよ。なに、この手拭いはぼろぼろだったのですから、お気になさることはありません」

鼻緒をすげてもらっているうちに、紫野は、甲州屋へ帰ってもよいような気持になった。荒れていた胸のうちが、凪いだのである。紫野は、ためらいながらも甲州屋へ戻った。が、暮六つの鐘が鳴る頃に辿り着いた裏口で、待っていたのは「あまり世話をやかせないでおくんなさいまし」という女中の言葉だった。

紫野の目の前に、ふっと歯入れ屋のほっそりとした顔が浮かんだ。生きているのなら、あのような人と暮らしたい、そう思った。姑が叱言を言っている間は、もっと強くそう思った。

翌日、紫野は永代橋へ出かけた。その翌日も、口実を設けて家を出た。その次の日も、またその次の日も、姑に叱言を言われても永代橋の上に立った。年松には必ず会える筈だった。年松は、安い鼻緒を持っていたが得意客にやってしまったと言っていた。ならば、年松はいつもこのあたりをまわっているにちがいなかった。

年松に会えたのは、十日目のことだった。やはり年松は深川一帯をまわっていて、当時は北新堀町にあった家へ帰るところだった。

年松の家へ行きたいと紫野は言った。無論、年松はかぶりを振った。行きたい、とんでもねえの繰返しで、その日、紫野は年松のあとを尾(つ)けて行った。今になれば、年松は紫野の尾行に気づいていたのだと思う。数日後に紫野が北新堀町に行くと、年松は引越していた。落としものを届けたいのだと差配に嘘をついて、紫野は一色町の住まいを聞き出した。

年松は、薄暗い長屋で横になっていた。重苦しい咳がとまらないようだった。紫野の看病を断らなかったのは、よほど苦しかったのだろう。ぬるま湯を飲ませてやって、背をさすってやって、重湯(おもゆ)をつくってやって、紫野はその夜から一色町の住人となった。

咳込みながら商売に出かけて行くくせに、年松は紫野の軀ばかりを気遣っていた。こんなところで眠れるか、掃除洗濯で疲れないかと、自分の方が気疲れをしそうだった。年松には追い出されたと言ったが、紫野は、広太郎にもおつねにも、安兵衛にも、一言の断りもなく家を出た。近所の子供を母親のいるところまで送ってやるのだと言って外出し、北新堀町へ行って、年松の移転先を聞き出して、そのまま空家に住みついてしまったのである。

　これが武士の娘のすることかと、甲州屋安兵衛から父や兄が責められているにちがいないと思えば、眠れぬ夜もあった。それでも帰りたいと思ったことは一度もなかった。甲州屋を追い出されたが、天涯孤独の身の上で行きどころがないという嘘を、半分だけ信じてくれた年松は、「一年や二年くらいは、俺でもお前の面倒をみられるだろう」と言って、自分の家へこいと言ってくれたのだった。

「だが、俺は頼りねえぜ」

　その時だったと思う。年松は、恥ずかしそうに笑って言った。

「俺だって身寄りがないんだよ。だから、いろんな人につきあってもらおうと思って、いろんな人に、できるだけ親切にしているんだ」

「いろんな人に」

「お前は別さ。お前のことは好きなんだ。好きなんだけど、まだ甲州屋へ帰ってもれえてえ気持もあるんだよ」

「いやです。私はあなたのそばにいます。甲州屋にいた紫野という女がおいやなら、名前も変えます」

　その日から、紫野はしずとなった。後悔はない。年松に出会わなかったならば、紫野は地獄に閉じ込められていただろう。

が、年松の方が、「有難うよ」と言った。

「有難うよ。お前に出会わなかったら、俺がひとりぼっちで死んでゆくところだった」

「お礼を言うのは、私の方じゃありませんか。でも、私はまだ言いません。もっと私と一緒にいて」

「むりだよ」

「いやです。私をひとりぼっちにしないで」

「勘弁してくんなよ」

俺は――と言おうとした年松が咳込んだ。昨日、真赤な血を吐かせたのと同じ咳だった。

「あなた。しっかりして、あなた」

助けを呼びに行こうとして飛び降りた土間の戸が、向う側から開いた。おしずの金切り声を耳にした隣りの女房だと思ったが、まるで想像もしなかった人物が顔を出した。甲州屋安兵衛だった。

「探したよ」

と、安兵衛は言った。

「不義を表沙汰にすると言っても、お前の父親は動こうともしなかった。太々しいというか何というか」

「失礼いたします」

安兵衛は出入口に立っている。おしずは、安兵衛を押しのけて路地へ出ようとした。誰かに医者を呼んできてもらわねばならなかった。が、路地へ出る前に腕をつかまれた。離縁状を渡した覚えはないと、安兵衛は言った。

「一緒にうちへ帰っておくれ。わたしが、店の者には内緒で迎えにきてやったのだから」

「お断りします。――すみません、どなたかお医者を」

「帰るんだよ」

力では安兵衛にかなわなかった。おしずは、半開きの戸にしがみついた。

「その手をお離し。お前は、まだうちの嫁だ」

「いいえ、私は年松の女房です」

「情けない。広太郎に後添いが見つかれば、こんな女を連れ帰らずにすむのだが」

「だったら、放っといておくんなさい」

「何だ、その口のきき方は」

安兵衛の力に、おしずの手が戸から離れた。安兵衛にひきずられ、おしずは軒下にたてかけてある盥（たらい）につかまろうとし、竹馬につかまろうとして、それらを片端から倒した。

「誰か、誰か、うちの人にお医者さんを呼んできてやって」

声に応じて走ってきた者がいた。男のようだった。男は、軀ごと安兵衛にぶつかった。安兵衛は、何をつかもうとしたのか、おしずの手を離して倒れ、その上に男がのしかかった。

いやな咳が聞えた。安兵衛にのしかかった筈の男が路地にうつぶせていて、その口のあたりから赤いものが流れ出していた。

「あなた、大丈夫ですか、あなた」

「言っとくが——おしずは、俺の女房だ」

「そうですよ、私は、どこへも行きゃしません」

「有難うよ、おしず」

年松が笑った。笑ったが、その微笑が口許から消えることも、疲れたように閉じた目が開くこともなかった。

「そうかえ。屋敷へは帰らぬことにしたのかえ」

と、おしずに言いながら、弥太右衛門は女房をふりかえった。

昨夜、女房は、「おしずさんが、これから先も長屋で暮らすと言いなすったら、お前さん、どうしなさるえ」と、心配そうな顔で言い出した。年松の野辺の送りがすみ、昨日は、嫂が後片付けの手伝いにきていたようだった。甲州屋とのいざこざも、定町廻り同心の神尾左馬之助が間に入り、広太郎が三行半を書くことになるらしい。おしずは、飯田町の屋敷へ帰ってもよし、いろは長屋で暮らしてもよしということになった。おしずが年松の位牌をじっと見つめている姿を見れば、長屋暮らしをつづける気であろうと想像がつくのだが、弥太右衛門の女房は、年松の吐いた血に頬を染めたおしずの姿が脳裡に焼きついているのだろう。しきりに、「伝染っているのじゃないかねえ」と繰返していたのだった。

が、女房は、昨夜のことなど忘れたように菓子をすすめている。「こんなにおいしいお菓子を、うちの旦那様は、甘過ぎると言って食べないんですよ」と、ほとんど友達扱いだった。そのうちに、「あれだけ仲のよかったご夫婦の間で、伝染らなかったのだから、労咳なんて、めったに伝染るものじゃないんだよ」と言い出すかもしれなかった。

「このお菓子は、お捨さんが好きでね」

「お捨さん？」

「あら、ご存じないんですか。ほら、木戸番小屋の――」

「ああ、あのきれいなお方」

「お武家の出か、大店の主人だったのか、あのご夫婦の昔はよくわからないんですけどね、お捨さんには、うちの亭主がのぼせていて……」

「あら」

おしずが弥太右衛門を見た。噂をすれば影と言うが、知った顔に出会ったらしいお捨の声も聞えてきた。弥太右衛門は、笑兵衛のいる木戸番小屋へ、将棋をさしに行った方がよさそうだった。

# 第三話　こぼれた水

見かけぬ人だと思ってふりかえったのだが、弥太右衛門は、お捨が見惚れたと勘違いをしたらしい。「いい女だろう」と、自分がその身うちででもあるような口ぶりで言って、木戸番小屋へ近づいてきた。

去年の暮、空巣を働いた男が隣家の女房に見咎められ、その声と逃げて行く男と追いかけて行く女に驚いて、番屋を飛び出そうとした弥太右衛門が敷居につまずいて倒れるという、中島町澪通りでは一大事が起こった。足をひねってしばらく起き上がれず、戸板で医者へはこばれることになって、逃げてきた空巣の男も手を貸してくれた。空巣の罪は、背負っている風呂敷包さえ返してくれれば見逃すことになり、万事めでたしめでたしで終ったのだが、その時の用心か、或いはまだ足が痛むのか、大きく振っている両手ほど足は動いていない。

「お京さんってんだ」

と、弥太右衛門は、お捨がさげていた草鞋を軒下へ吊してくれた。

黒江川、大島川、仙台堀からの枝川と、三方を川でかこまれている深川中島町の木戸番小屋と町の自身番屋は、大島川沿いの俗に澪通りと呼ばれている道の西の隅にある。夜廻りが主な仕事の木戸番は、昼の間に睡眠をとる。町からの手当てでは暮らしてゆけぬため、町は、木戸番の女房が番小屋の土間を利用して、草鞋や鼻紙、手拭いなどの雑貨を商うのを黙認していた。

「十日ほど前に、そら、いろは長屋の木戸があるちょいと先に空家があっただろう、そこへ引っ越してきなすったのさ」

「まあ」

お捨は、目を見張った。

「弥太右衛門さんの店子さんじゃありませんか」

「それがねえ」

弥太右衛門は、残念そうだった。

「あの隣りまでは家主が同じで、わたしがいろは長屋と一緒に差配をつとめさせてもらっているんだが」

「あら、残念」

お捨は、転がるような声で笑い出した。白くふっくらとした頬が西陽の色に染まっていて、弥太右衛門は、まぶしそうにまばたきをした。木戸番小屋の中では、お捨の笑い声に目が覚めたのか、「何刻だ」と尋ねる笑兵衛の声が聞えてきた。

やはり、お京は米沢町からいなくなっていた。お加世は着替えもせずに腰をおろし、火鉢の縁に肘をついた手で、痛む頭をささえた。

亭主の近江屋山左衛門が、お京とつきあいはじめたことは知っていた。お京は、同業の釘鉄問屋、坂本屋修三郎の妹で、お加世とは遠縁にあたる。そして、二年ほど前に嫁ぎ先から帰されてきた女だった。子供を生まぬというのが、その理由だったと思う。が、修三郎の女房おはるの話では、「とんでもない、お加世さんを前にして言いにくいけれど、それは表向きですよ」ということになる。女中がいるとはいえ、台所に入ったことがなく、姑にはさからい、商売のことに口出しをするので、亭主の煙管問屋が堪忍袋の緒を切ったというのである。

確かに、一風変わった女であった。近江屋に嫁いできてからはお京に一度しか会ったことがないが、お加世が亭主の山左衛門と坂本屋を訪れた時も、お京は茶を運んでくるでもなく部屋へ入ってきて、山左衛門と兄の修三郎相手に近頃の商人のいい加減さをなじっていた。算盤は達者だが火をおこすこともできず、お針も苦手で困っていると、お加世とお京が十四、五の頃に兄の修三郎が苦笑いをしていたのを覚えている。煙管問屋に嫁いでも、家事嫌いは変わらなかったのだろう。

それゆえ寄り合いに出かけて行った山左衛門が、「ばったりお京さんに会って誘われた」と言って夜更けに帰ってきた時も、さほど気にはしなかった。山左衛門も、「いい女だが、ああ理屈っぽくてはねえ」と首をすくめていたし、以後、仕事が手につかぬということも、日暮れを待ちかねているようなようすもなかった。昔、おさきという女に溺(おぼ)れた時とは、まったくようすが違っていたのである。

自分の亭主であるが、山左衛門は美男とほど遠い男だった。がっしりとした軀(からだ)つきの持主だが背は低く、顔立ちも、大きい鼻と口が角張った輪郭(りんかく)の中で目立ち過ぎていた。お加世は、山左衛門との縁談(はなし)がまとまった時、一生あの人と暮らすことになったのかと三日三晩泣いた。おさきとの交際が舅夫婦(しゅうとふうふ)やお加世の知るところとなり、番頭が別れ話を切り出した時、おさきは「まるでもてないようだから、つきあって差し上げたんですよ。礼を言ってもらいたいくらいだ」と開きなおったそうだ。舅夫婦も「優男(やさおとこ)の修三郎さんから、爪(つめ)の垢(あか)でももらってくるといいのに」と言って、どちらに似て生れたのかと、お互いの欠点をかぞえて笑う始末だったのである。

だが、今度ばかりは、お京が山左衛門に心を惹(ひ)かれたにちがいなかった。

姉妹のように仲よくしているおはるの愚痴や、どこからともなく耳に入ってくる噂から、お京が容貌を鼻にかけていることはわかっている。山左衛門がどれほどのぼせあがったところで、お京の方にその気がなければ見向きもしないだろう。坂本屋の近くにある呉服問屋の伜は、界隈の娘達が待ち伏せをして付文をするという美男だったが、その美男が声をかけた時、お京は、「わたしも口説かれるのは馴れていますので」と、鼻先で笑ったという。

「お京さんは、男には懲りていると言ってなさるようだけど――。でも、気をおつけなさいよ」

と、おはるは言った。半年ほど前のことだった。お京に誘われたと山左衛門が夜更けに帰ってきた時から、三月が過ぎていた。

「わたしの気のせいかもしれないのですけどね、お京さん、近江屋さんがお好きなのじゃないかしら」

まさか――と、お加世は笑った。確かに山左衛門は、しばしばお京の名を口にしていた。同業者の寄合で顔を合わせた時などに、修三郎から「後添いの口でもないかねえ」と相談されたりしたようで、そんな縁談を持って行ったこともあったらしい。「今更、人の女房になんか」と断られて外へ出た山左衛門をお京が追ってきたとか、汁粉をつきあってくれと言われたとか、今になってみればあまり穏やかではない話を聞いた覚えがある。

多分、そのあたりまでは、山左衛門自身が「まさか」と思っていたにちがいない。「わたしとなら、汁粉屋へ行っても誰もあやしまないからね」と笑っていたのである。いやな予感がしたのは今年、年始まわりで坂本屋へ行った山左衛門が、店へ戻ってきてお京の話をした時であった。お京は、坂本屋を出て一人暮らしをしたいと山左衛門に訴えたのだった。

「おはるさんと、うまが合わないようだから、お京さんも居づらいのだろうさ」と、山左衛門は声をひそめ、「兄貴の修さんに相談できないものだから、わたしが頼りにされているんだよ」と、嬉しそうな口調になったのである。

お京が馬喰町にある坂本屋を出て、米沢町の仕舞屋に移ったのは、それから十日もたたなかった。空家を見つけたのは山左衛門で、鍋やら笊やらの所帯道具は、山左衛門の頼みでお加世が揃えてやった。以来、二月が過ぎている。山左衛門のようすに、格別変わったところはない。

お帰りなさいましという女中の声が聞えた。山左衛門が帰ってきたようだった。お加世は、あわてて火鉢の炭火をかきたてた。いつもなら花見の季節だというのに、今年は風がつめたい。見かけによらず寒がりの山左衛門は、手をこすりあわせながら居間へ入ってくるにちがいなかった。

鉄瓶(てつびん)の湯は、すぐに沸いた。お加世は、湯呑(ゆの)みを盆にのせ、急須には茶の葉をいれた。が、山左衛門の足音は聞えない。かわりに、「去年の十一月ですね」と言う手代(てだい)の声が聞えてきた。蔵へ帳面を取りに行くらしい。山左衛門は、帰るなり店に坐り込んだのかもしれなかった。

「帳面の表には、赤い印がつけてあるよ。それと、そのそばにある箱も持ってきておくれ。田代屋(たしろや)の番頭の受け取りも入っている」

山左衛門の声だった。廊下の暖簾(のれん)から顔を出して、手代に指図をしているのだろう。お加世は、また火鉢の縁に肘をついた。指先でこめかみを押え、目をつむる。お京に会いに行ったのかもしれないと疑っていたのだが、山左衛門は言葉通り、田代屋へ行ったようだった。

昨年の冬、田代屋の若い主人は、納める品が揃わないと泣きついてきた。こちらもあまっているわけではないと舅の伊兵衛(いへえ)は反対したが、山左衛門は、先代には世話になったからと、かなりの量をまわしてやった。それがどこから洩(も)れたのか、近江屋は品物が揃っていると評判になり、得意先がふえたという。ただ、伊兵衛が心配した通り、田代屋は借りた品を期日になっても返そうとしなかった。今年のはじめから揉めているのだが、それについても山左衛門は、証拠になるようなものを取っておいたらしい。ごく近頃まで、彼には実父である伊兵衛に頭があがらなかった山左衛門とは別人のようだった。

「開けますよ」

姑のおきわだった。山左衛門が帰ってきたと女中に知らせてもらったものの、耳の遠くなってきたおきわには、手代に指図する声が聞えなかったのかもしれない。山左衛門は居間にいると思ったようだった。

「おや、いつお戻りなすったの」

姑は不思議そうな顔をした。おはるに用事ができたと言って出かけたお加世が、いつの間にか帰っていた上、着替えもせずに坐っていたので驚いたのだろう。

米沢町からお京がいなくなったことは、黙っているつもりだった。が、姑の方から、お京の名を言った。知っていたようだった。おはるに会いに行くと嘘をついて米沢町へ出かけたのだが、おきわはその嘘を、おはるの相談相手になってやったと解釈してくれたのかもしれない。

「修三郎さんにも、居所を教えようとしなさらないんですってねえ。何でも引越の前に馬喰町の坂本屋さんへみえなすって、わたしのことは心配しないでくれと言ってゆきなすったんですって」

そんなことがあったから、わざわざおはるがこの横山町までできて、お加世をそっと呼び出してくれたのだ。もしかすると――と、おはるは、お加世の耳許に唇を寄せて言った。お京の住まいが、近江屋のある横山町とは目と鼻の先の米沢町にあることを山左衛門が嫌い、引越をすすめたのではないかというのである。お加世も疑っていたのだが、おきわは、「山左衛門ではありませんよ」と先手を打った。

「あの子は、もともと身持のかたい子なんですよ。気がいいものだから、おさきのような女につけこまれてしまうんですけれど。でも、お京さんが、まさかねえ」

山左衛門を相手にするわけがないというのだった。お加世は、懸命に微笑してみせた。

「わたし、何も心配なんかしておりませんから」

そら、これが受け取りだ――という、山左衛門の声が聞えた。店のうしろの小部屋にいるらしい。ほっとしたような声で笑っているのは番頭だろう。

言葉は聞き取れないが、声だけは耳に入ったのかもしれない。何を言ったのだというように首をかしげたおきわへ、お加世は、山左衛門の言葉を伝えてやった。

「幾つになっても頼りないと思っていたら、急にしっかりしてきましたねえ」

おきわは、嬉しそうな顔で立ち上がった。伊兵衛に倅の成長ぶりを話すつもりにちがいなかった。


炭屋の井戸で水を汲んでいると、女の声が聞えてきた。蠟燭か手拭いを買いたいという客のようだった。大声で返事をしたが、水を汲みかけたつるべを離すわけにもゆかず、お捨は、つるべを引き上げてから、炭屋との境にある垣根の破れを通り抜けた。はこべが小さな花を咲かせている路地を走って番小屋の前へ出ると、弥太右衛門が蠟燭のありかを探していた。客はお京で、笑兵衛は頭から布団をかぶっている。番屋から弥太右衛門が飛んできたと知って、狸寝入りをしているのかもしれなかった。

「はい、ここにありますよ」

お捨が蠟燭の箱を弥太右衛門の前へ差し出したが、弥太右衛門は、お捨を見る余裕もないらしい。奪い取るように箱を受け取って、お京に蠟燭を渡している。お京が代金をお捨に払ったのも、不満らしかった。

「先日、ご主人をお見かけしましたよ。大店の番頭さんのようですね」

親しくなるきっかけをつかもうとしたのだろうが、弥太右衛門は、わるい話題を選んでしまったようだった。

「主人――ですか？」

かたちのよい唇が、まずいものでも口にしたように歪んで開いた。苦笑したのだった。

「出戻りなんです、わたし」

弥太右衛門の軀が、棒を押し込まれたようにこわばった。

「男はもうこりごりですから」

「では、あの、何だ、お兄さんがみえなすった？」

「いえ」

お京は、はっきりと言った。

「お目にとまったのは、近江屋の山左衛門さんだと思います。今、わたしの面倒をみて下さっているお人ですけど」

弥太右衛門の返事はない。横目で見ると、棒を押し込まれて息ができなくなったように口を大きく開けていた。

「あら、誤解をなさらないで下さいまし。わたしは、近江屋さんのお力添えをいただいているだけなんです」

そうでしょうとも——と、弥太右衛門は口の中で言った。「そんなこと、あるかい」と胸のうちでは言ったようだが、お京は、言葉通りに受け取ったようだった。

「だってねえ、聞いて下さいます？」

喜んで——と、弥太右衛門は言う。こころなしか、蠟燭を売っていた時より声が小さかった。

「女が一人で暮らそうとしても、世間様は、なかなかそうさせてくれないんですもの。あのうちを借りる時も、大変だったんですよ」

空家の札を見て、貸してくれと差配に頼みに行ったところ、一人住まいかと無遠慮な視線で眺められたという。わけありと見られたと気づき、近江屋山左衛門にかけあってもらったところ、今度はすぐに借りられた。が、引越の挨拶に行くと、今度は山左衛門の囲われ者と思われたらしいというのである。

「近江屋さんは、兄の知り合いだというのに。兄がわたしの一人暮らしを承知する筈がないので、近江屋さんにお出ましを願ったのですけど、差配さんは、大丈夫、万事飲み込んでおりますって、そう言いなさるんです。いやな話でしょう」

確かにいやな話だが、近江屋山左衛門という男がお京の兄か叔父でもないかぎり、世間はそう考えるだろう。ただ、お京が山左衛門は兄だという方便（ほうべん）を使えば、差配も嘘（うそ）だと勘づいても知らぬふりをしたにちがいない。世馴れた女ならそうしただろうが、お京に教えてやっても、「嘘はいや」と眼尻（まなじり）を上げそうな気がした。

「家を借りるにも請人（うけにん）がいるだなんて、嫂（あによめ）と喧嘩して飛び出してきた小姑は、野宿でもしろというんでしょうか。わたしは、近江屋さんというしっかりした知り合いがいたからよかったけど」

お捨の目の前へ蠟燭の箱が戻ってきた。弥太右衛門は、まだ口を開けてお京を見つめていた。

「そんなわけで、近江屋さんとわたしとの間柄は、請人になっていただいて、少しばかりお金を貸してもらったというだけ。もっとも、この先はわかりませんけど――って、初対面なのに、長々とお喋（しゃべ）りをしてごめんなさい。差配さんが、澪通りの木戸番ご夫婦とは、お知り合いになっておいた方がよいと教えて下さったので」

失礼しましたと、お京はお捨と弥太右衛門に挨拶をして、番小屋の外へ出て行った。

「またおいでなさいまし」という言葉を返す暇もなかった。

お捨を呼ぶ声が聞えた。炭屋の亭主が、水を汲んだ桶（おけ）が置き放しになっていると言っているのだった。

ころがるような声で笑って、炭屋の庭へ駆けて行こうとすると、布団をはねのけて笑兵衛が起き上がった。

「俺が行くからいいよ。まったく、うるさくって寝てられやしねえ」

布団をかぶっていても、お京の声が聞えていたのかもしれなかった。

「あら、まあ」

そんなことはしたくなかった。が、たった今――と、番頭が知らせにきた。山左衛門が店の金を持って出かけたというのである。

知らせておきたいことがあると、番頭が眉間に皺を寄せてお加世の部屋へきたのは五日前のことだった。山左衛門が、番頭に断ってのことであるが、店の金を持ち出しているという。今日で、四度目だった。さほどの金額ではなく、商売に差し障りがあるようなことではない。埋め合わせができないのなら、帳面の数字を書きかえてもよいが、こんなことがずっとつづくようになると、伊兵衛の耳にも入れなければならないと、番頭は眉間の皺を深くした。

何のための金かは、番頭にも見当がついているのだろう。お京が働き出したという話は聞いていない。算盤は達者、文字も巧みで、手跡指南所の師匠から手伝ってくれと頼まれたこともあったようだが、女の子の母親達が、裁縫のできぬ女師匠ではと難色を示したそうだ。料理屋に雇ってくれと頼みに行った時は、料理をはこぶのに理屈はいらないからと、女将に断られたらしい。

離縁された時に渡された金を持って家を出たとおはるは言っていたが、着物なら日本橋の白木屋、白粉なら本町の玉屋と贔屓の店を決めているようなお京が、倹約などするわけがない。第一、坂本屋に身を寄せている間も、狂言にちなんだ着物をつくって芝居を見に行く贅沢をしていた筈なのである。嫁ぎ先がかなりの金を渡していたとしても、今は心細い思いをしているにちがいなかった。

お金を貸していただけないかしら。

お京は山左衛門に、そう頼んだにちがいない。お京のことだ、借りたものは必ず返すと言っただろう。

「いいよ、返さなくっても」

山左衛門は、そう答えたような気がする。女と浮名を流したことがなく、おさきのような莫連女にすら夢中になってしまう山左衛門である。お加世やおはるには変わり者に見えるお京も、賢くて美しい女に見えるにちがいなかった。

「このところ、商売の方では、私が旦那様に助けられるような始末でございまして。多少のお遊びには、目をつむるつもりだったのでございますが」

と、番頭が言っている。伊兵衛夫婦にはまだ黙っているようにと口止めをして、お加世は家を出た。

山左衛門の姿はもう見えなくなっていた。が、裏木戸の前で隣家の小僧と立話をしていた女中に尋ねると、両国広小路へ向って歩いて行ったという。お京は両国橋の向う側にいる、そう思った。女の勘というものかもしれなかった。お加世は、人の目をひかぬ程度に走った。それでも息がきれた。両国橋を渡り、東両国の雑踏を抜けた南（みなみ）本所元町（ほんじょもとまち）で、小柄だががっしりとした山左衛門の後姿を見つけた時は、その場に蹲（うずくま）りたいくらいだった。

呼びとめて、一緒に帰ろうかと思った。番頭が探していたと言って連れ帰っても、番頭が話を合わせてくれるだろう。

が、それでは何の解決にもならないのである。番頭の嘘半分の用件を聞き、指示をあたえて、山左衛門はまた出かけて行く。それに、お京は美しいが身持のかたい女だった。というより、男をばかにしている風（ふう）があった。言い寄ってきた男は何人もいるにちがいないが、ばかにしている男からは、決して金を借りるまい。

お加世は、胸に錐を突き立てられたような気がした。女に好かれるわけがないと思っていた山左衛門だが、女はともかく、修三郎に言わせても近江屋の番頭に言わせても、近頃の山左衛門の商人ぶりは見惚れるばかりだという。

山左衛門は元町の角を曲がり、竪川の河岸へ出て、一ツ目の橋を渡っていた。お船蔵の前を通り過ぎて、小名木川にかかる万年橋も渡る。それから隅田川沿いを歩いて、仙台堀の上ノ橋を渡った。修三郎や坂本屋の者達がお京を探しても、見つけられる筈がなかった。

山左衛門が足をとめた。お加世は、咄嗟に横丁へ飛び込んだ。永代橋のたもとで、山左衛門は、河口の風に悩まされたようにうしろを向いた。が、しきりにあたりを見廻している。あとを尾けられている気配を感じたのかもしれなかった。

お京の住まいが近いのかと思ったが、山左衛門はふたたび歩き出した。橋のたもとからさらに河口へ向い、道なりに左へ曲がって、もう一つ橋を渡った。

川音の高いところだった。自身番屋と木戸番小屋が向いあっていて、木戸番小屋の前に品のよい女が立っていた。思わず会釈をすると、女もていねいに頭を下げてくれた。

引き返そうと思った。山左衛門が、おそらくは小綺麗な仕舞屋へ入って行くところを見ても、「亭主を返せ」と乗り込むつもりはないし、以後、その家を見張るつもりもない。お加世は、山左衛門の女房なのだ。舅にも、姑にも可愛がられている近江屋の内儀なのだ。どっしりと構えていたほうがいい。

が、その時、番屋から出てきた男が山左衛門の入って行った横丁を指さして、苦笑しながら肩をすくめてみせた。

「あれだよ、お京さんの面倒をみている近江屋山左衛門ってお人は」

目の前が白くなった。品のよい女も、横町を指さしている男も、かすんで見えなくなった。それでも、うろたえてはいけないと思う気持がどこかにあった。お加世は、太って品のよい女に、堀川町はどこかと妙に落着いた声で尋ねた。

　三十を過ぎたばかりと見える女は、佐賀町へ向って引き返して行った。

平静をよそおったつもりなのだろうが、弥太右衛門の一言で頬がひきつれた。相川町から名無しの橋を渡ってきた、近江屋山左衛門のあとを尾けてきたにちがいなかった。年頃や身につけているものから見て、山左衛門の女房かもしれなかった。

お京は山左衛門との間柄を、兄の知り合いでお金を貸してもらっただけと言ったが、女房にその言訳は通じまい。弥太右衛門の話では、近頃山左衛門が足繁く通ってくるというからなおさらだろう。番小屋の前で分別が働いたかして、引き返して行ったが、亭主の浮気を嘆いて身を投げたという話も、怒り狂って刃物を持ち出したという話もないではない。

「もし――」

お捨は、すれちがった人がふりかえるほどの大声でお加世を呼んだ。

「堀川町へは、こちらの道を行った方が近うございます。不親切な教え方をして、申し訳ないことをいたしました」

駆け寄ったお捨を、女はぼんやりとした目で見た。お捨に道を尋ねたことを、忘れているのかもしれなかった。

「こうおいでなさいまし」

お捨は、女の手を取って歩き出した。つめたい手であった。

「深川は、堀割が多うございまして、橋を目印にするのが一番よいのですけれど、そのかわり、一つ間違えますと、とんでもないところへ出てしまいます」

お捨につられて女も笑った。顔に生気が戻り、こころなしか手も暖かくなった。

「わざわざ有難うございました」

女は、恥ずかしそうに礼を言った。

「このあたりからは、道がわかります。一人で帰れます」

お捨は、握っていた女の手を離した。女は深々と頭を下げて、堀川町への千鳥橋を渡って行った。


山左衛門は、翌朝早く帰ってきた。家を明けるという、これまでにない行動をとった山左衛門に、伊兵衛もおきわも、番頭も不機嫌だったが、山左衛門はそれ以上に機嫌がわるかった。水をまいている小僧に叱言（こごと）を言い、店先にいた手代を叱りつけ、女中に茶をいれてくるよう言いつけながら居間に入ってきて、仏壇に燈明をあげていたお加世を大声で呼んだ。その剣幕（けんまく）に驚いて、伊兵衛とおきわも居間にはいってきたが、山左衛門はわるびれるようすもなく「ちょうどいい」と言った。

「いったい何の真似だ」

と、伊兵衛が腰をおろしながら言った。「ま、坐れ。朝帰りをした倅に見下ろされることはない」

おきわがその隣りに腰をおろして、お加世はおきわのうしろに坐った。山左衛門が三人を前にして坐ることになった。

「お京の家に泊ってきましたよ。泊らずにはいられなかったから」

「すさまじい言訳だな」

「この女がわたしを尾けてきたのですよ、日本橋の横山町から深川の中島町まで」

「坂本屋のお京さんのことを聞けば、あとを尾けたくなるのもむりはないだろう」

「みっともない。木戸番の女房や自身番屋の差配にかこまれて、真青な顔をしていたんですよ。お蔭で、わたしは女房の目を盗んで女の家へ通う男になってしまった」

「そうじゃなかったのかえ」

「ちがいますよ」

と、山左衛門は言った。

「お京さんは、お加世のようにこそこそするような女じゃない」

「こそこそだろうが、堂々だろうが、女房のいる男が一人暮らしの女の家に泊ってよいわけがないだろう」

「顔を見るのがいやだったんですよ、亭主のあとを尾けてくるような奴の」

伊兵衛はさすがに口を閉じた。

「小僧は先に帰してしまったし、わたし一人なら幼馴染み（おさななじ）の家に泊めてもらってもいいと思ったのですが、それならうちに泊ってゆけとお京さんが言ってくれて」

「お京さんが」

おきわが、呆(あき)れ返ったように口をはさんだ。山左衛門は、唇を歪めて母親を見た。

「おっ母さんが考えなすったような人じゃありませんよ、お京さんは。わたしの床(とこ)は二階にとってくれました。お京さんは、下の茶の間で寝たんです」

「だからと言って、お前、それじゃ世間は通りませんよ」

「おっ母(か)さんのような世間にはね」

山左衛門は、深い息を吐いた。

「おっ母さんに育てられた伜ですから、わたしもお京さんに同じようなことを言いました。言って笑われましたよ。誰が何を言おうと、もう放っておけって。わたしは近江屋さんを信じているって。夜中に厠(かわや)へ行きましたが、言葉通り、お京さんは軽い寝息をたてて眠っていました」

山左衛門がお加世を見た。「若気(わかげ)の至りで、おさきなんぞという女に血道を上げたこともあったが、恥ずかしいよ。階段をそっとのぼって行ったのだが、あんなに気分のよいことはこれまでになかった」

「出て行け」

うめくような声が言った。伊兵衛だった。

「出て行け。多少の金はくれてやる。それほどお京がよいなら、お京と暮らせ」

「それを考えようと思っていたところでした。お父つぁんがそう言いなさるのなら、従います」

「何だと」

「待って下さいまし」

伊兵衛の肩は小刻みに震えていた。山左衛門が落着きを取り戻しているのは、お京への気持を封じ込めていた胸のうちの蓋を伊兵衛が開いてくれたからだろう。お加世は、山左衛門に向ってかぶりを振った。

「わたしは——別れません」

それはちがうと、伊兵衛が言った。

「このばか息子を追い出すのだよ。娘より可愛いお前を、誰が追い出すものか」

だから、いけなかったのだとお加世は思った。お加世は、山左衛門と一生暮らすことになるのだと泣き明かしたあと、嫁ぐと決まったからにはよい女房になろうと思った。舅夫婦にも従順な、よい嫁になろうと決心した。その方が自分も幸せになれると思ったからで、山左衛門が茶をくれと言う前に急須の茶の葉をかえるのも、湯殿で舅の背を流してやるのも、お加世にとっては何の苦もないことだった。
だが、ただひたすら仕えてきただけだと、たった今わかった。わしづかみにする、お京の「信じています」のような一言を、一度も言ったことがなかった。文句のつけようがないのだがと、山左衛門は、いつも物足りなく思っていたにちがいなかった。

「わたし――、お京さんなんぞに負けません。お前さんの女房はわたしです」

しばらくの間、山左衛門はお加世を見ていたが、黙って部屋を出て行った。「お出かけですか」という番頭の声が、店の方から聞えてきた。

非番の弥太右衛門が、煎餅が入っているらしい袋をかかえて木戸番小屋へ入ってきた。お捨は、たった今目を覚ました笑兵衛に、遅い昼飯を用意しているところだった。

「うまそうだね」

弥太右衛門は上がり口に腰をおろし、笑兵衛の前に置かれた膳をのぞき込んだ。膳の上には、笑兵衛が起きる頃に炊くあたたかなめしと豆腐の味噌汁、海苔、卵、香の物などがならんでいる。

「毎日同じで、うめえといつも思う手前が不思議だ」

「いつもそう思えりゃ何よりさ。俺んとこなんざ、いまだに粥みたようなめしを炊きゃあがる」

　笑兵衛は、低い声で笑った。

　お捨は、弥太右衛門にいれた茶を小さな盆にのせてはこんだ。弥太右衛門は一枚とってから、煎餅を袋ごとお捨に渡した。笑兵衛が香の物を噛む音と、弥太右衛門が煎餅をかじる音が、せまい小屋の中に響いた。

「それはそうと」

　と、弥太右衛門が、噛じりかけの煎餅を眺めながら言う。

「近江屋のご夫婦は、よりが戻ったんだってね」

「まあ、お耳の早いこと」

「覆水盆に返らずというが、旦那がお京さんとこにきちまったというのに、よく戻ったねえ」

「きちまったといっても、すぐにおかみさんが迎えにきなすったじゃありませんか」

「あんなのは、ちょいと水がこぼれただけさ」

　めずらしく笑兵衛が口をはさんだ。弥太右衛門は、年寄りとは思えぬ早さで煎餅を食べ終えた。

「お京さんは引越すそうだよ」

「まあ、どこへ？　中島町は暮らしやすいところなのに」

「今度は正真正銘の兄さんという人が挨拶にみえてね、神田かどこかで手習いのお師匠さんをするんだそうだ」

ふうんと、笑兵衛が言った。「できるのかねえ、あのお人に」と、弥太右衛門は笑兵衛をふりかえる。「さあてね」と、笑兵衛は素っ気ない。

「いろはを教えている間にめしを炊いてくれる女中が欲しいってえ師匠じゃあ、子供は集まらねえと思うがなあ」

笑兵衛は、黙々と箸を動かしている。弥太右衛門は、「うちの婆さんを女中に出すか」とひとりごちて、お捨が菓子鉢に入れた煎餅へ手をのばした。

# 第四話　いのち

火事だ——という声で目が覚めた。

お捨が跳ね起きると同時に、笑兵衛が、たてつけのわるい戸を蹴倒しかねぬ勢いで、番小屋の中へ飛び込んできた。「起きたか」と言うなり、お捨に拍子木と火を消した提燈を投げ渡し、今度は外へ飛び出して行く。

すぐに半鐘の音が聞えてきた。笑兵衛が打つ音だけではなかった。福島橋際にある北川町の半鐘も、黒江町や材木町や富久町のそれも、火事が近いことを知らせていて、その音だけでも界隈はあわただしくなった。

お捨は、手早く着物を着て外に出た。丑寅の方角に、黒い煙と赤い炎が上がっていた。富岡八幡宮の方向だった。

幸いに、風はない。「でも、用意だけはしておこう」という声がした。番小屋の裏にある、炭屋の夫婦だった。垣根の破れを出入口にして木戸番小屋の前へ来ているのだが、火勢を見て心配になったようだった。

「大丈夫だと思うがなあ」

と言ったのは、弥太右衛門だった。薄い掻巻を羽織っているのは、自身番屋の当番が交替で眠っていたからだろう。他の二人は、湯呑みとにぎりめしを持っていた。

「あの火は、櫓下のあたりだな。今夜の風向きなら大丈夫さ」

「火勢が強いと風が舞うからね。火の粉が飛んでくるとあぶないよ」

炎の下を逃げまどっている人達の悲鳴か、荷物をはこび出そうとする人達の怒号か、ただならぬ気配がつたわってきた。

「いつでも逃げられる用意だ」

炭屋の夫婦はそう言って、垣根の破れの中へ飛び込んで行った。どこから走ってきたのか、息せききって通り過ぎて行く者や、二階の窓から風呂敷包を投げおろす者で、中島町澪通りもあわただしくなった。

黒い煙の中から、赤い炎がいっそう高く舞い上がった。半鐘は、まだ鳴りつづけている。

飲み過ぎたと、木村寛之進は思った。

ぜひにと望まれて、江戸留守居役木村頼母の養子となり、国許から出てきてざっと一月（ひとつき）がたつ。が、今日まで一日として休んだことがない。非番の日はあるのだが、他藩の同役と酒を飲み、それぞれが握っている「ちょっとしたこと」を知らせあうのも江戸留守居役の重要な仕事らしく、養父の頼母に引きまわされつづけていたのである。

すまなかったな――と、養父が言ってくれたのは昨日のことだった。明日はゆっくりしてくれという許しが出て、寛之進は、宇佐美要助（うさみようすけ）の住まいをたずねた。親友の要助は三年前に江戸詰となっていて、木村家の養子となった寛之進が江戸へ出てきたことを喜び、再会した日から江戸の案内はまかせろと言っていたのだった。

三年ぶりに連れ立って歩きまわるのだった。今年で二十二になったというのに、二人とも十四、五の悪童の頃にかえってはしゃぎ過ぎたのかもしれない。浅草から深川へまわって、料理屋へ上がった時は、さすがに疲れていた。そこへ、十七、八の頃に戻ったような無茶な酒である。いつの間にか眠っていて、気がついた時には門限の時刻が過ぎていた。

飲み過ぎた。

苦笑いをしたのは、この時だった。が、門限破りは、参勤交代で江戸へ出てきた時にもよくやったものだった。塀を飛び越えたこともあるし、門番に小遣いを渡したこともある。第一、門限を守っていては、江戸留守居役の役目は勤まらぬと、この一月（ひとつき）

で身にしみて知った。寛之進の顔を見れば、門番も黙って通してくれるだろうが、要助は、「ひさしぶりに塀を飛び越えよう」と、嬉しそうな顔をした。

女将に見送られて外へ出た時に、木のはぜるような音が聞えてきた。いやな予感がしてふりかえると、櫓下の方向に赤い炎が見えた。半鐘が激しく打ち鳴らされ、火事だとわめきながら、近くの横丁から黒い影がころがるように飛び出してきた。

「近いぞ、逃げろ」

要助の声に、寛之進も足を早めた。岡場所付近から出火した火事に、留守居役の養子が巻き込まれるわけにはゆかなかった。

窓から風呂敷包や銭箱が放り出され、男も女も、そこへ飛び降りてきた。家財道具をのせた荷車の轍をきしませて行く者もいれば、赤ん坊を背負い、両手で子供の手を引いて行く男もいた。思っていたより火のまわりが早いのだろう、目の前の横丁からも黒い煙が這い出してきた。

「向うだ。向う側から逃げよう」

要助が、人と荷車でごった返している道を横切って行く。そのあとにつづこうとしたが、助けてという悲鳴が聞えた。黒煙が這い出してくる横丁の中からだった。

寛之進の足がとまった。養父の頼母の顔と亡父の酒井弥一郎の顔が通り過ぎた。頼母から養子にと望まれてまもなく、弥一郎は病死した。が、お留守居役がそこまで愚息を見込んで下されたのならと、弟に家督を継がせるようにと遺言していった。父の遺言を頼母に知らせたあと、頼母がどんな風に藩主や藩の重役に働きかけたのか知らない。酒井家は弟が継ぐことになり、寛之進は木村家へ養子にきた。

　頼母が寛之進を養子にと切望した理由は、つい先日聞いた。頼母は、藩主の参勤交代の供をして江戸へ出てきた寛之進を見ていたのである。寛之進は、部屋住のまま召し出され、藩主が国許へ帰ってきた時は、近習として仕えていた。寛之進としては、江戸へ出てきたからといって特別な振舞いをしていたわけではなかったのだが、頼母は、藩主の我儘に柔軟に対応している寛之進に感心したという。

　頼母自身も木村家の養子だった。先代は、頼母の伯父で、融通のきかぬ頑固者であったらしい。幕府閣僚にも強情を張ることがあったようで、その中の一人に嫌われた。幕府がおこなう工事、たとえば城の修理や河川に堤を築くなどの工事の御手伝いを命じられるようになったのはそれからだった。頼母の代になってから御手伝いは一度もないが、他藩にくらべても貧しい藩にとって、頼母の養父の時に命じられた御手伝いの出費は、大きな借金となって、いまだに重く藩の台所にのしかかっているのである。だから、お前にきてもらったと頼母は言った。先代の姉の孫という意見もあったが無視したというのである。

留守居役とは、藩に降りかかる火の粉をふりはらうような役目だ。

その通りだと思った。が、寛之進の留守居役としての仕事はこれからである。

「何をしているのだ、寛さん」

要助の声が聞えた。寛之進も路地に背を向けようとした。

「助けて……おくれ」

横丁は、黒い煙と一緒に赤い炎も吐き出した。寛之進は、用水桶の水を頭からかぶった。

「何をしている。やめろ」

逃げる人達に突き当りながら、大通りを横切ってくる要助の姿が見えた。寛之進は要助にかぶりを振り、羽織を脱いで横丁へ飛び込んだ。羽織を振りまわして、煙と炎を払う。一瞬、黒煙がとぎれて、横丁の中のようすがわかった。板塀らしいものが倒れていて、足をはさまれた女がもがいているのだった。

火の粉が髪を焼いた。が、板塀は案外簡単に動いてくれて、五十を過ぎていると見える女も腕の力で這い出してきた。寛之進は、女を抱きかかえて走ろうとした。

あぶない——。

女が叫んだ。いや、自分が叫んだのかもしれなかった。寛之進の目に、燃えさかりながら落ちてくる物干場の柱が映った。

「逃げろ」

重なりあって倒れた自分の腕の中から、這い出して行く女の姿が見えた。

黒江町の町名主の家へ駆けつけると、両足に繃帯（ほうたい）を巻かれたおせいが泣いていた。火事で怪我（けが）をしてはこばれてきたのだが、町名主に身内を呼べと言われて、お捨の名を言ったのだそうだ。板橋の方に甥（おい）がいるという話を一度、聞いたことがある。が、女房も子供もいるらしい甥を、板橋から呼ぶわけにもゆかなかったのだろう。

おせいと一緒にはこばれてきた者はもう一人いて、若い武士だった。大火傷（おおやけど）を負っているようで、その武士の脈をとっていた医師が、そばについている武士を見てかぶりを振った。

「ばかな」

つきそっていた武士が大声を出した。藩の名はご容赦願いたいが、宇佐美要助であるとなのった武士だった。

「ばかな。この男の仕事はこれからだぞ。これから仕事をするという男が命を失って……」

「すみませんね、わたしのような婆あが助かって」

お捨が袖を引いたが、おせいは黙らなかった。

「ええ、わたしゃ今年五十四で、遊女の着物の繕いをして、やっと身過ぎ世過ぎをしている女だよ。わたしが死んだって誰も困りゃしない。遊女の着物の繕いなんざ、誰にでもできる。わたしのせいで、お若いお方を死なせてしまって、申訳ありませんでしたね」

誰も何も言わなかった。そんなことはないと思ったお捨ですら、木村寛之進といったらしい若い武士の命も、おせいのそれも同じであるとは言いにくかった。武士は背にも足にも腕にも火傷を負っていたが、医者が煤にまみれていた顔を拭いてやると、生前のままの若々しいそれがあらわれたのである。しかも、お捨が駆けつけた時、武士はまだ息があった。

「女は——女は無事か」

「無事でございます。ここにこうしております」

「よかった——」

それが最後の言葉だった。幼い頃からの友人であるという宇佐美要助が、「なぜこの男が死ぬのだ」と、畳を叩いて口惜しがるのもむりはなかった。

出入口が騒がしくなった。木村家の者が到着したようだった。

武家にはさまざまなきまりがある。要助の言葉から察すると、寛之進は木村家の跡継であったようで、彼が町屋の火事に巻き込まれて命を失ったと知られては、木村家にとって幾つもの差し障りが生じる筈であった。用人がくるのではないかと思ったが、あらわれたのは、頭巾を手にした四十がらみの武士であった。要助が居ずまいをただし、畳に額が触れるほど低く頭を下げたのは、彼が寛之進の父親であるからにちがいなかった。

「申訳ございませぬ」

と、要助は言った。

「すべて、私のせいです。私が深川へさそわなかったならば、こんなことにはならなかったのです」

「息をひきとったか」

と、武士は呟くように言って、寛之進の枕許に坐った。

「わが伜となってくれてたった一月だ。短い縁であった」

「お嘆きはごもっともと存じます。せめてものお詫びに私が申訳をいたし、木村様及び寛之進殿にはご迷惑をおかけせぬようにいたします」

「ばかを申すな」

寛之進の養父であったらしい武士は、ゆっくりと要助の方へ膝を向けた。

「お前達が出かけたあと、寛之進へ殿からのお呼び出しがあった。ご世子(せいし)の頃からお側(そば)にいた寛之進と、くつろいで話をしたいとの仰せであった。出かけたことをわたしがお知らせ申し上げたが、その折に、深川あたりと口を滑らせたのかもしれぬ。火事は深川のお下屋敷から知らせがあり、寛之進と要助は戻っておるのかとご心配下されたところに、町名主からの使いがきた。申訳はいらぬ。お前は、殿にご心配をおかけしたことをお詫びすればよい」

要助の肩が震えた。涙を抑えきれなくなったようだった。涙を拭っているのは要助一人ではない。私の力が及ばなかったと言っている医者も、お武家様が横丁へ飛び込みなすったことを知らなかったのが恥ずかしいと詫びている南組三組の鳶(とび)の頭(かしら)も、手(て)拭(ぬぐ)いやこぶしを目に当てていた。

お捨は、おせいを見た。おせいは、ふてくされたように軀(からだ)を横たえていた。

仰向けに寝ていたおせいにまで、挨拶をしていった武士の顔がおせいの脳裡に焼きついている。それよりも、おせいが生きていると聞いて、「よかった」と言ってくれた若い武士の顔は、頭の中から離れたことがない。若々しくて、おせいから見れば可愛い顔をしていた。

先刻、女中が茶をもってきたが、若い武士と養父の顔が交互に目の前にあらわれて、湯呑みをとる気にもなれなかった。たった今、湯呑みを下げにきたらしい女中は、年寄りにはぬるい茶の方がよいだろうと言って、いれかえてはくれずに部屋を出て行った。一瞬、二人の武士の顔が消えて、おせいはその後姿へ思いきり舌を出して見せた。まだ癒っていない火傷の痕が痛んだ。

黒江町の名主の世話になって、五日が過ぎた。両足に火傷を負ったので厠へも這って行かねばならず、それでは裏長屋では暮らせぬだろうと名主が言ってくれたのだが、名主の女房も女中も露骨にいやな顔をした。そんなことには馴れていた。どうせわたしゃ五十四の婆あだと、おせいは思った。

人間五十年という謡だか義太夫だかがあるとか、おせいは四年も多く生きている。その上、小柄で色黒で、小皺が多くて、金壺眼に低い鼻で、年齢より老けて見える。

七十を過ぎた老人から、わたしより年上だろうと言われたことすらあった。亭主にも子供にも先立たれ、幸いに裁縫が達者なので他人の着物を縫った駄賃で暮らしてきたが、大分以前から目も手先も、頭の中も衰えて、右の身頃を二枚裁ってしまったり、待針を縫い込んでしまったりするようになった。仕事がなくなるのは当然で、近頃は、遊女屋の女将に泣きついて繕いものの仕事をもらっているのである。火事は、櫓下の遊女屋へ繕いものを届けに行った時のことだった。わずかな蓄えを長屋へ取りに行ったために逃げ遅れ、倒れてきた板塀に足をはさまれてしまったのだった。

なぜ、金を取りに戻ったのだろうと思う。どうせ嫌われながら生きてきたのではないか。伜に死なれたあと、心細さに甥を訪ねて行くと、自分の両親と女房の姉の面倒をみている甥は、おせいが何も言わぬうちに「叔母さんまではねえ」と眉間に皺を寄せた。なぜお前の母親の妹ではなく、女房の姉の面倒をみるのだ、女房の弟が姉妹の面倒をみりゃあいいじゃないかと言いかけたが、おせいは黙って帰ってきた。

以来、生きてゆくために仮病をつかい、差配の家に寝かせてもらったこともある。米を買う銭がなくなって、粥にありつくための策略だった。料理屋の前で倒れてみせて、鴨の肉の焙り焼きを食べたこともあった。が、これを繰返していれば、倒れてみせたおせいの軀をまたいで行く者もあらわれる。木戸番小屋の笑兵衛とお捨に、「もう、めしを食べさせてやるな」と忠告した者もいる筈なのである。

もういい、今度おあしがなくなったら、飢えて死んでしまおう。そう考えたのは、ついこの間のことではなかったか。なのになぜ、遊女がよけいにくれる銭をため、行李の中の袋に七十四文も入れていたのだろう。そしてなぜ、その袋を取りに長屋へ駆け戻ったのだろう。繕いものをしながら生きていたってしょうがないとは、お捨へのただの愚痴ではなく、おせいの本心ではなかったのか。

生きていたいなんて、思っちゃいなかったよ、ほんとうに。

だが、「嘘ばっかり」と、この家の女中は嘲笑う。

「だったらどうして、助けてなんて言葉が出たのさ」

それは、おせいにもわからなかった。

櫓下の遊女屋から火が出た時、おせいはあわてて逃げ出した。その火に焼かれて死んでしまおうとは思わなかった。長屋へ戻って、行李の中の袋を懐にねじ込んで、風呂敷包を背負って逃げて行く長屋の人達のあとを懸命に追った。転がってくる盥もたくみに避けたし、落ちてきた物干竿も、昼間ははずしてある木戸が倒れてきたのも、必死によけた。料理屋の板塀さえ倒れなければ、無事に大通りへ逃げられたのである。

第一、おせいが板塀の下敷となった時、長屋に住んでいる夫婦者はまだ横丁にいた。

亭主が赤ん坊を背負い、二人の子供の手をひいていたのだが、子供が転んだりして、長屋の人達の中では逃げ遅れていたのだった。その後姿へ、おせいは「助けて」と叫んだ。子供の手を引いている亭主にはむりな頼みでも、荷物をかかえている女房なら、その荷物を放り出して、戻ってきてくれることはできた筈だった。

おせいは、かぶりを振った。おせいは、死にたかった筈だった。死にたかった人間が、「助けて」と叫んではいけなかったのである。まして、どこやらの藩主の気に入りで、ぜひにと望まれて養子になったような若者に救われてはいけなかったのだ。

わたしゃ、何の役にも立たない年寄りなんだから。

いつまであずかっていなさるんですかという声が聞えてきた。名主の女房の声だった。

「うちであずかる義理はないじゃありませんか」

おせいに聞えぬようにと、声を低くしているのだろう。女房の声は時折聞えなくなるが、それでも言いたいことはわかる。風向きを考え、延焼しない町の名主の家というだけではこばれてきたおせいをあずかっていることはない、身内にひきとってもらえと言っているのだった。

おせいは首をすくめ、唐紙の向う側へあかんべえをしてみせた。お捨に頼んで、火事で怪我をしたと板橋の甥に知らせてもらったが、見舞いにもきてくれない。ひきとってくれる身内など、どこにもいなかった。

「むりだよ」

と、名主は答えた。

「一人暮らしだというんだもの、見舞いにきてくれる、中島町のお捨さんにひきとれとも言えないじゃないか」

「だったら、おせいさんが住んでいなすった山本町の名主さんに頼むとか」

「知っているだろうが。名主のうちは焼けなかったが、水びたしだよ」

「もと通りになっていますよ、もう」

名主は、ちょっと間をおいてから言った。

「それじゃお前は、山本町の名主に、あの女をひきとってくれと言えるかえ」

返事はなかった。

「わたしは言えないよ。あのお武家様が助けた女を、粗略に扱っていると思われたくない」

その一言で、女房は納得したのかもしれなかった。番屋からきているらしい書役を呼ぶ名主の声が聞え、女房は台所へ出て行ったのだろう。用事を言いつけているとみえ、うるさいほど大声の女中の返事が聞えてきた。

わかったよ。わたしがいなくなりゃいいんだろう。

死んだ武士の手前、いやいやながら面倒をみているというようなことまで言われて、この寝床に横たわっていることはない。火傷の足はまだ痛むが、死んでしまえばその痛みも消える。

わたしが死にゃあいいんだろう、業突張りの名主め。

おせいは寝床から這い出して、立ってみた。目の回るような痛みが、頭を突き抜けた。

大島橋のたもとで、おせいがほとんど気を失って倒れていたのは、一昨々日のことだった。

おせいに気づいた八百屋の女房の話では、揺り動かすと、「隅田川へ連れて行ってくれ」と譫言のように繰返したという。黒江町の名主の家へ戸板で連れ戻され、翌日、また脱け出そうとして足の痛みで蹲り、昨日、木戸番小屋へはこばれてきた。黒江町の名主も書役も、「笑兵衛さんとこが狭いのは百も承知だが、これじゃあ癒る火傷も癒らないから」と、申訳なさそうにおせいをあずけていった。

「どうせ、かわりばんこに寝ているんだ。少々窮屈にはなるが、寝られねえこたあねえだろう」と笑兵衛は言っているが、弥太右衛門などは、「俺だって、いろは長屋に空家がありゃ、笑さんとこへはこびゃしないよ」と、おせいの頼みとはいえ、狭い木戸番小屋へはこんできた黒江町の名主や書役に呆れていた。

寝られないことはないと言っていた笑兵衛も、すぐ隣りにおせいの寝床があっては、やはり眠れぬらしい。朝の六つ半頃に床へ入ったのだが、しきりに寝返りをうって、九つ前には起きてきた。

「すみませんね、わたしのせいで」

と、おせいは昨日も言った言葉を口にした。

「歩けるようになったら、すぐ出て行きますからね。外へ出て行って、すぐにまた目をまわすようじゃしょうがないんでね」

「およしなさいな」

お捨は苦笑しながら笑兵衛の夜具をたたみ、部屋の隅に寄せた。笑兵衛は、歯磨粉を持って出て行った。裏の炭屋の井戸で、顔を洗うつもりなのだろう。

九つ前に起きれば、笑兵衛も昼飯を食べる。干物を焼くつもりで、蠅帳を開けると、二枚しか入っていなかった。昨日、まさかおせいがくるとは思っていなかったので、余分に買ってなかったのだ。

「まったく、何だってあのお武家は、横丁へ飛び込んできたんだろうねえ。わたしの悲鳴が聞えたって、知らん顔してりゃいいじゃないか。わたしゃ、死にたかったんだよ。死にたかったんだけど、ちょっとした気の迷いで、助けてとわめいちまったんだよ」

「およしなさいったら」

お捨は、干物を蝿帳へ戻した。一枚を笑兵衛に一枚をおせいに食べさせてやってもよいのだが、二枚しかなかったとわかれば、おせいはまた僻(ひが)むだろう。にぎりめしと香の物の昼飯にするほかはない。

「せっかく助けていただいた命じゃありませんか。たいせつになさいまし」

「だからさ。助けてもらったのが、災難だったたてんだよ。わたしゃ、死にたかったんだ」

「死にたい、死にたいって、そんなことばかり言ってなさると、いやなことばかり起こりますよ」

何気なく外を見ると、弥太右衛門が手招きをしていた。顔を洗いに行った笑兵衛が戻ってきて、弥太右衛門の手許をのぞき込んでいる。弥太右衛門は、瓦版を持っているようだった。

「ご覧よ」

と、弥太右衛門は、外へ出て行ったお捨にも瓦版を見せた。若い武士が老婆を背負い、襲いかかる炎を見上げている図が描かれていた。

「さるお大名のご落胤(らくいん)が、めでたくお世継(よつぎ)となることがきまって、町屋暮らしの名残(なごり)にと深川へ飲みに出かけたんだってさ。が、櫓下の火事で逃げ遅れた年寄りを助け、ご自分は命を失ったのだそうだ」

「うまい嘘をつくものだな」

笑兵衛は、ぼそりと言って番小屋の中へ入って行った。

「お捨。めしにしてくれ」

笑兵衛の声にふりかえると、上がり口におせいが坐っていた。寝床から這い出してきたらしい。弥太右衛門が瓦版を持っていたことは、おせいにもわかっただろう。わざわざお捨と笑兵衛に見せる瓦版に何が書かれているか、容易に想像がつく筈だ。

「わたしのことが瓦版に摺(す)られたのかえ」

お捨は笑兵衛を見た。が、日頃から無口な笑兵衛が、うまい言訳を考えてくれるわけがなかった。

「どうせ、つまらない年寄りを助けて、若くて賢いお武家が死んじまったってえんだろう」

「いいえ」

「いいよ、嘘をついてくれなくっても」

おせいは、皺だらけの頬に涙をつたわせて言った。

「だから、わたしゃ、生きていたくないってんだよ。何だかんだと人をおもちゃにしやがって。死んでやる」

おせいは、笑兵衛を押しのけて部屋の隅へ這って行った。

「ほんとに死ぬ気になりゃ、どんなことをしたって死ねる。わたしも、今わかったよ。わたしゃ、舌を嚙んで死んでやる」

「よして、おせいさん。せっかく助けていただいた命を、粗末にしないで」

おせいは、かわいた声で笑った。

「そうだよ、わたしの命はあのお武家に助けてもらった命だよ。でも、くだらない命かも知れないけど、わたしの命なんだよ。助けてもらったからって、わたしの命はわたしのもの、死のうと生きようと、わたしの勝手だ。くだらない命はくだらない命、あのお武家に助けてもらったからって、急に立派になりゃしないんだよ」

お捨は、草履(ぞうり)をはいたまま部屋へ駆け上がった。おせいは、全身を震わせながら舌を嚙もうとしていたが、お捨が飛びつく前に、笑兵衛の手がおせいの頰を押えていた。

勘定方の宇佐美要助は、上役から休養を申し付けられていた。櫓下の火事で木村寛之進を失って以来、要助自身にもわかっているのだが、数字のあやまりが目立つのである。気がつくと、寛之進を連れて深川へ行ったことを思い出していて、永代寺門前(えいたいじもんぜん)の料理屋へ行こうと言ったのは自分だと、重苦しい気持になっているのだった。

しかも、寛之進を死なせたのは要助だと言う者もいた。覚悟をしていたが、平静に聞いてはいられない言葉だった。

自分が横丁へ駆け込めばよかったのだと思う。深川へ誘ったのは要助であり、要助が命を落としたとしても、寛之進が要助を死なせたと悩むことはなかっただろう。なのに、わたしは寛之進より先に大通りを渡ってしまった。道をよく知らぬ寛之進を、先に渡らせなければいけなかったのに。

木村頼母は平静をよそおっているが、目はおちくぼみ、瞼の下には隈(くま)ができている。

先代の姉の孫を養子にするのを拒み、我儘な藩主の信頼も得ている寛之進を、留守居役にしなければならぬ人物だからと、実父の酒井弥一郎に頼んで頼んで、頼んだ上にも頼んで、養子に迎えたのである。

その寛之進が、人を助けたとはいえ、命を失ってしまったのだ。酒井家への詫びや木村家の跡継や、大仰に言えば藩の将来等々、考えれば考えるほど眠ることすらできなくなったにちがいない。

そんな男を、わたしが死なせてしまった。

休養は、要助を憔悴(しょうすい)させるだけだった。

門前に客がきていると中間(ちゅうげん)が知らせにきたのは、休養が十日目に入った時だった。門番が伝えたところによると、たずねてきたのは太って品のよい女であるという。寛之進に助けられたおせいのそばについていたのが、太って品のよい女だったと要助は思った。要助は、ここ数日で急に重くなったような気がする軀をごろ寝から起こし、門の外へ出た。確か、中島町澪通りの木戸番女房、お捨となのった筈の女が、ふっくらとした軀を縮めるようにして立っていた。

門前払いを覚悟で出かけてきたのかもしれない。お捨は、要助が門の外へ出てきてくれたことに幾度も礼を言って、頼みたいことがあると言った。要助は苦笑した。おせいという女には身寄りがなく、このお捨がつきそっていたのである。木戸番の暮らしが裕福であるとは思えず、おせいに頼られたお捨は、いくらかの金品をくれと言いにきたのかもしれなかった。

が、お捨は意外なことを言った。

「あの、お暇な時で結構でございます。おせいを見舞ってやって下さいまし」

「わたしが？　おせいを？」

「ご迷惑かと存じますが、お願いでございます。おせいは今、口を開けば死にたいと申しております」

死にたいのはわたしも同じだと、要助は思った。おせいは、年寄りが若者を死なせたと言われてつらいのかもしれないが、要助も、深川へなど連れて行ったからと言われているのである。苦しんでいる者が、つらい思いをしている者の見舞いに行っても、傷口を舐めあうようなものだ。

「いいえ」

お捨はかぶりを振った。

「あなた様は、木村様のお友達でございます。木村様の大事なお友達が、おせいが生きていることを喜んで下されば、お若いお人を死なせてしまったというおせいの重荷はなくなる筈でございます。おせいを救うことのできるお方は、あなた様しかないのでございます」

要助は、黙ってお捨を見た。お捨も要助を見た。

「木村様は、おせいを助けてやりたいと思われたのではございませんか」

「それはその通りだ。助けてやりたくて、路地へ飛び込んだのだ」

答えながら、要助は、「だからわたしは後悔していないぞ」という寛之進の声が聞えたような気がした。

そうですよ。ですから、宇佐美様がひきこもっておいでになったり、おせいさんが拗ねていなすったら、木村様も――。

お捨の口添えがあったような気がして、あらためてお捨を見たが、お捨はふっくらとした白い手を胸の前で合わせて、要助の返事を待っていた。

「有難う」

と、要助は言った。

「おせいの見舞いに行こう。寛さんは、板塀に足をはさまれていた人を助けたかったのだ。年寄りを助けてどうのと言われるのは、心外かもしれぬ」

「有難うございます」

「礼をいうのは、わたしの方だ。少し待っていてくれるか。只今は休養中の身だ。外出もやかましいことは言われまい。すぐに行く」

要助は、足早に門の内へ入った。要助に寛之進の代わりを勤めることはできないが、寛之進もまた、要助の代わりを勤めることができなかったかもしれないのである。

# 第五話　夜の明けるまで

自身番屋からの大声が途絶えて、川音が残った。深川中島町は三方を川でかこまれていて、番屋は、町の南を流れる大島川を背にしている。木戸番小屋は、澪通りとも浜通りとも呼ばれる道を隔ててその向い側、仙台堀の枝川沿いにあった。大島川と枝川は番屋の横で一つになり、隅田川へ流れ込む。中島町で暮らしはじめた頃はその川音で眠れなかったものだが、今はむしろ心地よい。いや、川音のあることを忘れている。

木戸番の笑兵衛は、しばらく耳をすましていた。流れの音の高さはいつもの通りだが、いつもの通りではない大声はもう聞えてこない。家主のかわりに、交替で自身番屋に詰める差配の一人、弥太右衛門と、番屋の書役をつとめている太九郎との諍いは、ようやくおさまったようだった。

「よかった」

争いがもう少しつづくようであれば、仲裁に入るつもりだったのだろう。軒下に立っていた女房のお捨が笑兵衛をふりかえって、胸を撫でおろすしぐさをしてみせた。

笑兵衛は、「古武士のようだ」といわれる彫りの深い顔に、あるかなしかの微笑を浮かべて急須の蓋(ふた)をとった。先刻からたてつづけに飲んでいるので、茶の葉は開ききっている。笑兵衛は、かまわずに湯をそそいだ。

「あら、まあ」

お捨が番小屋へ入ってきたようだった。五十歳に近いというのに十六、七の娘のようによく笑う女房で、何がおかしいのか、ふいにころがるような声で笑い出した。毎日一緒に暮らしている亭主の笑兵衛が聞いても、若い笑い声だった。

「弥太右衛門さんと太九郎さんの声を聞いている間、知らず知らずのうちに躯(からだ)をちぢませていたのかしら。ほっとしたら、躯がふくらんでしまいましたよ」

「ばかを言え」

「いえ、飛び出して行った時はつかえなかった台が、この通り、躯をはさんでしまうんです」

「気のせいだよ」

と言ったが、両袖(りょうそで)を手に持って大仰に顔をしかめているお捨を見て、笑兵衛も吹き出しそうになった。

木戸番の給金は、町から支払われる。が、それだけでは暮らしてゆけぬという理由で、草鞋(わらじ)やら手拭(てぬぐ)いやら鼻紙やらの日用品を商うことが黙認されていた。そんな商売物をところ狭しとならべた台が、ふっくらと気持よく太ったお捨の軀をはさみ、動きをとれなくしているのだった。

「お茶を飲んでなさるんですか」

「うむ」

「お茶の葉をとりかえて下さればいいのに」

「面倒くさい」

「不精(ぶしょう)なことを」

お捨は、思いきり息を吸い込んで吐いている。お腹(なか)をへこませて台の間を通り抜けるつもりらしい。その向うで動くものが見えた。弥太右衛門が、澪通りを横切ってくるところだった。

「笑さん、起きているかえ。い、痛(いた)」

さほど広い通りではないのだが、夏の陽射(ひざ)しと、かたく踏みかためられた道がその陽を跳ね返す中を歩いてくると、一瞬、番小屋の中が暗い洞穴のように見えるのかもしれない。弥太右衛門は、お捨が軀をはさまれた台の角に、脇腹をぶつけたようだった。

お捨が駆け寄ろうとしたが、息を大きく吐くのを忘れてしまったのかもしれない。「大変」

笑兵衛が立ち上がるより早く、お捨が駆け寄ろうとしたが、息を大きく吐くのを忘れてしまったのかもしれない。台が大きく揺れて、蠟燭が一本ころがり落ちた。

「大丈夫かえ、弥太さん」

草履を突っかけて外へ出て行こうとしたが、踵を返そうともがいているお捨が邪魔になる。動かぬ台をむりに端へ寄せようとしている笑兵衛が、弥太右衛門には、お捨を邪険にあつかっているように見えたようだった。一方の手で脇腹を押え、もう一方の手を大きく振ってみせて、俺は大丈夫だと言った。

「俺は大丈夫だから、お捨さんをみてやりねえな。きれいな軀に痣でもできたら、それこそ大変だ」

「なあに、陽に当ててふくらんだ布団のような軀だ。台の端っこが少々めり込んだところで、何ともならねえよ」

「まあ、ひどい」

弥太右衛門が小屋へ入ってきたのを見て、笑兵衛は、部屋の上がり口まであとじさりした。息を大きく吐いたお捨が、そのあとについてくる。つづいて弥太右衛門も、上がり口に到着した。

「だから言わないこっちゃない」

と、弥太右衛門が、小屋の中を見廻して言う。

「少しは断ったがいいのさ。何でもかでもひきうけるから、こういうことになる」

笑兵衛は、急須へ手をのばした。が、その急須をあわててお捨が取り上げた。弥太右衛門を黙らせるにはお捨がいてくれた方がよいのだが、お捨は、でがらしとなった茶の葉を捨てに裏へ出て行った。

「商売物をのせる台は、どこかの大工が手間賃なしで板を継ぎ足してくれたってえが、見なよ、土間が狭くなっちまって、歩くところもありゃしない。台を大きくした分、笑さんの稼ぎが多くなるってんなら話はわかるが、近所の連中が内職でつくった折紙細工をならべてやってるってんだから。呆れてものも言えやしねえ」

「それで終りかえ」

「聞きたいなら、もっと言ってやるよ」

笑兵衛は、裏口をふりかえった。頼みの綱のお捨は、洗った雫はもう拭きとったにちがいない急須の底を、布巾でくるみながら戻ってきた。

「笑兵衛にお叱言？」

「とんでもない」

弥太右衛門は妙にうろたえて、太九郎との諍いに話題を変えた。その一部始終を喋(しゃべ)りたくて、日盛りの澪通りを横切ってきたのだろう。

「実はね。あいつが、今のままじゃ女房のなりてがないと愚痴をこぼしたんだよ」

書役の給金も町から支払われる。番屋で使う炭代や蠟燭代は無論のこと、茶の葉の代金も、湯呑(ゆの)み、急須、盆などの小物も、時には菓子代も町入用(まちにゅうよう)の費用とされ、小遣いを使わずにすむしくみとなってはいるが、給金の額は、決して多くない。神田旅籠(かんだはたご)町(ちょう)二丁目では、自身番屋の方に商いの小屋を取りつけていたこともあるというが、中島町では、ほとんどの町がそうであるように、木戸番小屋が日用品を商っている。

「女房のなりてがないという太九さんの言い分も、わからなくはないんだがね」

弥太右衛門は、お捨のいれた茶をうまそうにすすった。

「そろそろ番屋の畳替えをしなくってはならないし、屋根は雨漏りがする。二つある提燈(ちょうちん)はどっちも破れてるし、箒(ほうき)だって火鉢の五徳だって、いい加減、新しいのにしたいよ。でもねえ、今でさえ、町の入用がかさんで困ると言われてるんだ」

笑兵衛は、太九郎に好きな女がいるらしいとお捨が言っていたのを思い出した。一(ひと)月(つき)ほど前のことだった。お捨は弥太右衛門から聞いたと言っていたが、笑兵衛は、弥太右衛門の勘違いではないかと思っていた。太九郎はまるでそんな素振りを見せないし、弥太右衛門以外の差配が同じことを言っていた記憶もない。が、口喧嘩の原因は、太九郎が、「所帯をもてるようにしてもらいたい」と言ったことだという。今度は弥太右衛門の勘違いではないようだった。

「早く所帯をもたせてやりたいがねえ」

弥太右衛門が溜息をついた。

女房との二人暮らしとなっても、太九郎の給金で暮らしてゆけぬことはない。

「だけどねえ」

弥太右衛門はもう一度溜息をついて、お捨のいれた煮花を飲んだ。


袖をつければよいところまで仕立てたものをていねいにたたんで、おいとは、五つになる伜、佐吉の寝顔を眺めた。

夜になると、おいとはほっとする。大島川の向う側、越中島町にある岡場所から帰ってきたらしい足音も笑い声も遠のいて、鼠長屋は、向う三軒両隣りの鼾や寝言が聞えてきそうなほど静まりかえっていた。今、最も顔を合わせたくない大工の磯次も、隣家の女房のおかつも、おいとと同い年の二十五で嫁きおくれと陰口をきかれている向いのおまちも、皆、眠っている筈だった。おいとは、安心して佐吉の寝顔を見ていられるし、所帯を持たないかと言ってくれた太九郎の言葉を、じっくり考えていてもいいのである。

おいとは、たたんだ仕立物を部屋の隅に片付けた。畳にずり落ちて眠っている佐吉を布団の中へ入れてやり、自分もその隣りに軀を横たえる。佐吉は家にこもりがちで、長屋の子供達とはほとんど遊ばない。昼間、軀を動かすことが少ないせいか、夜具の中では縦横無尽に暴れまわっていた。

太九郎は、佐吉の父親になりたいと言ってくれた。男親がいれば、佐吉もおいとの膝許で端布を持って遊んでいたりはしないだろうという。男親なら、独楽まわしやら竹馬やら、男の子の遊びを教えてやれるというのである。

おいとの心は動いた。いや、ほとんどきまった。中島町へ越してきた頃はなかなか太九郎の顔が覚えられず、声をかけられて路地へ逃げ込んでしまったこともあったくらいで、今でも淡々しい顔立ちの人だと思っているが、おいとは、そういう顔立ちが嫌いではない。強引ではない性格が、表に出ている筈なのだ。太九郎と所帯を持てば、面白いことはないだろうけれど、波風の立たない、穏やかな暮らしを送れそうな気がする。そして、それこそがおいとの夢見ている暮らしだった。

明日、必ず太九郎に会いに行こうと、おいとは思った。

おみやげに飴を買って、すぐに帰ってくるからと言ったのだが、佐吉はおいとの腰にしがみついて離れない。「来年は手習いに行くお兄ちゃんだろうに。おっ母さんがついそこへ出かける間くらい、お留守番ができなくてどうするの」と、噛んで含めるように言っても泣声が高くなるだけだった。

「困った子だねえ」

佐吉は、まだ太九郎になついていない。先日も澪通りで出会った太九郎が、「ぼうず、元気か」と言いながら近づいてくると、おいとのうしろに隠れ、しまいには大声で泣き出した。行ってよければ鼠長屋へ行って、少しずつぼうずの馴染みになりたいと太九郎は言ってくれるのだが、それはおいとが断った。長屋の人達の目がこわいのである。人づきあいは、用心をした方がいい。

「また子供を泣かしている」という声が聞えて、表障子の開く音がした。隣りのおかつが路地へ出てきたのだった。

越してきた時は、人見知りの強い佐吉のことも「心配するこたあない、大きくなりゃ癒《なお》るよ」と言ってくれて、米屋はあそこ、魚売りも青物売りもまわってくるが大島町の八百屋の方が安い時もあるなどと、おいとが最も知りたかったことを教えてくれた女だった。それが、引越から一年たった去年の秋あたりから、敵《かたき》を見つけたように悪口を言い触らすようになった。理由はわからない。おいとは、お茶を飲みにおいでと言われても、あとで「図々しく飲みにきた」と言われはしまいかと気になって、口実を設けては断っている。おかつの亭主が棚を吊ってやろうと言ってきた時などは、飛び上がるほど驚いて、棚はいらないと答えた。「親切で言ってやったのに」と、おかつの亭主は呆れたような顔をしたが、そんなことで妙な噂《うわさ》が立ってはたまらなかった。

「うるせえな、まったく」

と言う声は、筋向いに住んでいる大工の磯次だろう。棟梁《とうりょう》と喧嘩をしてその家を飛び出したとか、半年ほど前に越してきた。少し前までは、おいとが洗濯物を干していると必ず戸が開いて、「精が出るねえ」などと声をかけてきたものだ。その頃の問わず語りで、棟梁の家を飛び出してからは仕事がなく、踏台や縁側の修理までひきうけて暮らしていると知った。おまちに口説かれたなどと声をひそめて言っていたこともある。

「おや、今日もお暇なようだね。米櫃《こめびつ》が空になったと言ってきたって、もう貸せないよ。うちの亭主だって、おでん燗酒売りで、たいした稼ぎがあるわけじゃないんだから」

　そう言いながらも、おかつは、昨夜の売れ残りににぎりめしくらいは持って行ってやるだろう。が、おいとは今、磯次を避けている。つい先日、昼の明るさが残っている頃に、一握りでいいから米を貸してくれと言いにきた磯次は、米櫃の蓋を開けたおいとを眺めまわして、「今はこうでも、女に苦労させたことはねえ」と異様に目を光らせたのである。

　一度泣きやんだ佐吉が、腰から引き離そうとすると、また泣き出した。

「また大泣きかえ。お高くとまっている女の子供にしちゃあ、始末におえないね。うちの浅吉の方が、よほどましだよ」

「浅吉は、よくできた子だよ」

　磯次が大声で笑った。佐吉を抱いて部屋の隅へ逃げたおいとへ向かって、目を異様に光らせたことなどなかったような、明るい声だった。

　みんな、体裁のいい顔と意地のわるい顔を持っているのだと、おいとは思う。かつてのおいとの亭主がそうだった。和助という名の男だった。和助がおいとと所帯をもちたいと挨拶にきた時、おいとの両親は首を横に振った。和助の父親は女癖がわるいという噂を耳にしていたからだった。

和助は、わたしを信じてくれ、わたしは父親とはちがうと胸を張って言った。しぶしぶ両親がうなずいたのは、和助は信用できるかもしれないと思ったからだろう。和助は父親とちがって浮いた噂一つなく、家業の乾物屋も、すでに和助がまかされていた。大仰に言えば欠点らしい欠点がなかった。仮に両親に欠点が見えていたとしても、反対されれば自害するつもりだったおいとの気持もわかっていた筈だった。しぶしぶでも承知するほかはなかったのかもしれない。

亭主となった和助はやさしかった。とかくの噂がある舅と、そんな舅に悩まされつづけてきた姑が、自慢の伜を奪い取った縹緻のよい嫁を、穏やかな笑顔で迎えてくれるわけはない。和助は二人きりになれる深夜、こわれもののようにおいとを愛撫して、「苦労をさせてしまうなあ」と囁いていたのである。

台所で泣いた目の赤さがそれで消えていたのは、はじめのうちだけだった。二人きりの深夜はやさしい和助は、夜が明けると別人になった。「苦労をさせてしまうなあ」と囁いていたのが嘘のように、舅夫婦の味方になってしまうのである。

「昨夜のお前は、お父つぁんやおっ母さんの言うことをきいてくれると約束したじゃないか。別にむずかしいことを頼まれているわけじゃなし、素直にきいてあげておくれよ」

そう言えばうちの中に波風がたたないというのが、和助の言い分だった。はじめのうちは、その言い分にもおいとはうなずいていた。が、かたいご飯を炊けば年寄りを困らせる気かと言い、やわらかいご飯を炊けば、お粥なんざ食べたくないと言う姑の言葉に、どう従えばよかったのだろう。

それに、女癖のわるい舅の言うことをきけとは、どういうつもりだったのか。乾物屋からは時折、夜更けに女中の悲鳴が聞えてくるという噂さえあったのである。まさか自分の女房にまでわるさはすまいと和助は思っていたのかもしれないが、嫁いで四年めのことだった。おいとが悲鳴をあげるようなことが起こってしまったのだ。

和助が取引のある問屋に呼ばれ、帰りが遅くなった時のことだった。女中達と一緒に台所を片付けたおいとが部屋へ戻ると、舅がいた。舅は唇に人差し指を当てていたが、おいとは大声をあげた。舅は、苦笑いをして部屋から出て行った。

それだけのことだった。それだけのことだったが、誰もいない筈の部屋に男がいれば、悲鳴をあげるのは当然だろう。居間から飛び出してきた姑に、舅が何と言訳をしたのかわからない。問屋に呼ばれた料理屋から駕籠で帰ってきた和助が、舅夫婦の居間で何を言われたかもおいとは知らなかった。

和助は、「びっくりしただろう」と、まず言った。しばらくしてから「親父にも困ったものだ」と呟いて、「おふくろとわたしとで、叱言を言っておいたから」と、顔をそむけて詫びた。あとは、「苦労をさせてしまうなあ」という愛撫である。その頃はもう和助に二つの顔があることはわかっていたが、この出来事だけは、和助もおいとをかばってくれるものと思っていた。

その数日後だった。おいとは、姑に呼ばれて居間へ行った。舅の姿はなく、和助が姑のななめうしろに坐っていた。いやな予感がしたことを、おいとは覚えている。

「近所中に聞えるような声を出すものだから」

と、姑は、不機嫌に言った。

「何かあったのか、あれはおいとさんの声ではなかったのかと、惣菜屋のおせんさんからも金物屋のおとくさんからも言われましたよ。ええ、くすくす笑いながらね」

おいとは黙っていた。親父にも困ったものだと、そこで和助が言ってくれるものと思っていた。だが、和助は、もっともだというように母親の言葉にうなずいていたのである。

「まったく何を考えているんだろうね、うちの嫁は。うちの人は、探しものがあって、お前さん達の部屋へ入らせてもらっただけなんだよ。舅が嫁の部屋へ入ったって、世間では何の不思議もないってのに、うちじゃ探しもの一つさせてもらえないんだから」

「お前の臆病にも困ったものさ。あとで、お父つぁんにあやまっておおき。お前の悲鳴のお蔭で、お父つぁんは、このあたりを歩けなくなっちまったんだよ」

それが、和助の言った言葉だった。

その夜、おいとは和助に詰め寄った。舅がなぜ伜のいない時に部屋へ入ってきたのか、和助にはわかっている筈だった。

「わかっているさ、それは」

と、和助は答えた。

「が、あそこで親父がわるいと言ったら、おふくろは逆上してしまうよ。わたしだって弟だって親父に叱言を言っているんだから、その上、お前が文句を言うことはない。親父がまた何か言ってきても、うまく受け流してくれればいいんだよ」

受け流すとは、どうせよということなのか。悲鳴もあげずに舅から逃げる方法など、おいとは知らない。和助が知っているのなら、教えてもらいたかった。

「わたしが知っているわけがないだろう。そんなことを言う女だとは、今の今まで思ってもみなかったよ。亭主の親を大事にするのは当り前だろう。いい加減、親父やおふくろを苛々させるのはやめておくれ」

それが、「苦労をさせてしまうなあ」と愛撫してくれる和助の、もう一つの顔だったのだ。——

「ところで、おかつさんが太九さんのおかみさんを世話することになったんだって」

佐吉を引き剝がそうとしていたおいとの手がとまった。

「世話するってほどのことじゃないけれどね。おまっちゃんのおっ母さんがさ、うちのおまちと太九さんはどうだろうって相談にきたものだから。お前じゃなくって残念だったね」

「いやあ、俺なんざ働きがねえから。手間賃で働けるようになったら、俺もおかつさんに世話を頼むよ」

おいとは、その場に蹲った。自分が言うことをきかぬので母親に異変が起こったと思ったのかもしれない、佐吉が涙に汚れた顔でおいとをのぞき込んだが、微笑みかけてやる気持にもなれなかった。

太九郎も、和助と同じだったのかと思った。子持ちでもいいと言っておきながら、おかつがおまちとの話を持ち込むと、おかつにも愛想のよい返事をする。そういえば数日前、北川町で出会った時の太九郎は、おいとが立ちどまったにもかかわらず、「ちょいといそがしいんだ」と言って駆けて行った。

もう沢山だと思った。舅の一件が原因で去り状をもらったが、二世までもと誓いあった和助は、おいとが浮気をして舅に見つけられたようなことを言っていたらしい。惣菜屋のおせんも金物屋のおとくも、はじめは疑っていたらしいが、終いには、和助の言葉を信じるようになったという。実家には和助と似たような性格の嫂がいて、おいとは二歳の佐吉を背負って家を出た。以来、あれほど人づきあいには気をつけてきたのに、なぜ太九郎と立話をするようになってしまったのだろう。人には二つめの顔があると用心をしていたのに、なぜ太九郎には、呉服問屋へ届ける仕立物の風呂敷包を持ってもらったのだろう。

太九郎と所帯をもつ夢を見た、夜が明けるまでの幸せは跡も残さずにきえた。もういやだ。体裁のいいことを言いながら陰で舌を出しているような人達などと、つきあってもらわなくてもいい。

おいとは、佐吉の見ている前で、出入口の戸に心張棒をおろした。

家の外へ出るのはやめようかと思ったが、洗濯をせずにはいられない。裏長屋では路地が物干場で、自分の家の軒下から向いの家の軒下へ物干竿を渡す。おかつが洗濯物を干し、家の中へ入った音を聞いて、おいとはそっと戸を開けた。

軒下にたてかけてある盥を持ち、井戸端へ走る。夏の陽は高く上がっていて、井戸端には誰もいなかった。

外で遊ばない子供だが、佐吉は汗かきだった。一日に二枚取り替えてやる肌着や浴衣を洗い、思う存分すすいで、強くしぼった。少し、気が晴れたような気がした。が、洗濯物を盥に入れて井戸端から引き上げてくると、物干竿の下におかつが立っていた。

「おまっちゃんに聞いたんだけどさ、お前、太九さんが好きなんだって?」

口を開いたが、言葉は出てこなかった。

「へええ、嘘じゃなかったんだ」

おかつは首をすくめた。

「わるかったね。わたしがおまっちゃんを太九さんとこへ連れて行ったりしてさ」

「いえ。何のことかよくわかりませんので」

濡れた洗濯物を持ったまま、家の中へ入ってしまおうとしたおいとの袖を、おかつの手がつかんだ。

「お前、一昨日、木戸番小屋のお捨さんがきなすった時も、心張棒をかったままで出てこなかっただろう」

「うちにいなかったんです、きっと。仕立物を届けに行っていて」

「嘘をおつき。お捨さんが帰ったすぐあとで、佐吉ちゃんの泣声が聞えたよ。お前んとこの甘ったれが、一人で留守番をしているわけがない」

おいとは口を閉じた。あれから、おいとは呉服問屋を往復するだけの日を送っている。佐吉が男の子であることを考えれば、端布で遊ばせていてよいことはないのだが、そばにいてやれば泣き出さないのを幸いに、路地へ出してやろうともしなかった。

お捨は一昨日、隙間のあるどぶ板につまずいてしまいそうなあわただしい足音を立てて、路地を走ってきた。

「おいとさん、うちにおいでなら開けて下さいな。太九郎さんが大変なんです」

太九郎の名を聞いて、おいとは立ち上がった。が、土間へは降りずに針箱の前へ戻った。太九郎は、子持ちでもいいからと言っていたのに、おかつが連れて行ったおまちに喜んで会った男ではないか。その証拠に、お捨の声を聞きつけたおまちが向いの家から飛び出してきて、太九郎に何かあったのかと尋ね、お捨の返事も聞かずに路地を出て行った。路地にはおかつのほか、磯次や左隣りに住んでいる研ぎ屋も出てきて、お捨は、おいとの姿を見たら番小屋まできてくれと言い残して帰って行った。研ぎ屋が家の中へ入って行く足音が聞え、おかつと磯次が「うちん中にいるよ、あの女は」

と言いあう声が聞えて、二軒の戸が閉まり、路地は静かになった。おいとは、佐吉と二人、薄明るいだけになお淋しい一軒家に取り残されたような気がした。

「黙っているつもりだったけど」

と、おかつが言っていた。

「お捨さんからのことづけだから言ってやる。太九さんは、番屋で倒れて寝込んでいるよ。昨日、わたしもお見舞いに行ったけれど、お捨さんとおまっちゃんが、かわりばんこで面倒をみてた」

お捨とおまちが面倒をみていたということは——。おいとは、めまいがしそうだった。

「いろは長屋の弥太右衛門さんが、おいとさん、おいとさんと騒ぐので、おまっちゃんは、お前が太九さんを好いていたのじゃないかと気がついたのだとさ。一時は譫言を言うほどだった太九さんも、やっと熱が下がって、おまっちゃんのつくる重湯を飲んでいるそうだよ」

話はこれでお終いと、おかつが言った。気がつくと、袖も自由に動くようになっていた。おいとは、家に入って戸を閉めた。

「洗濯物をどうするんだよ」

というおかつの声が聞えた。

「気持はわからないでもないけど、お前の自業自得じゃないか。せっかくお捨さんが呼びにきてくれたのに、返事もしないんだもの」

だが、そのお捨が、おまちと交替で太九郎の看病にあたっていたと言ったではないか。弥太右衛門が口を滑らせたのならば、お捨もおいとの気持を知っていた筈だ。この界隈の人が悩みをかかえた時は、真先に木戸番小屋へ行くといわれている。おまちも嫁きおくれと陰口をきかれるつらさを訴えていたにちがいないし、おかつも、おまちを太九郎の家へ連れて行く前に、「破れ鍋に綴じ蓋になりかねないけれど」などと相談したにちがいない。お捨は、おまちも太九郎の女房になる気でいると知っていたのである。知っていて、交替で看病につとめたのだ。天女のようだと言われている女も、おいとへ向けるのとおまちへ向けるそれと、二つの顔を持っているようだった。

お昼は太九さんとこで食べるという、おまちの声が聞えてきた。おいとは、ようやく開ける気になった針箱の蓋をまた閉じて、部屋の隅に寄せた。

佐吉は、数枚の端布をたたんで遊んでいる。鼠長屋へ越してきた当時、おかつや差配の女房は無論のこと、おまちにも研ぎ屋の女房にもおいとが端布で袋を縫ってやったのを覚えていて、袋を縫う真似をしているのだった。おいと自身が外へ出なくなってから、行李の中へ入れっ放しだった硯箱を出し、平仮名を書いて見せたが、まるで興味を示さなかった。

しばらくの間は根気よく、「これが、い。これが、ろ」と教えていたものの、その気力も失せた。夜になればほっとする、何もかも忘れて、佐吉の顔だけをのぞき込んでいられると思っていたが、近頃は、昼の疲れが増すだけだった。

なぜ、明日も仕立物をしなければいけないんだろう。

夜の明けるまで、そんなことばかりを考えるようになった。

和助を好きになって、裏切られて、去り状をもらって佐吉を一人で育てることになって、確かに躾け方がわるかったが、佐吉は近所の腕白と遊んだこともない子供になった。

もういいか――。

おいとは、佐吉を呼んだ。端布をたたんでは開いているだけなのに、佐吉は汗をかいていた。棚の吊木から柱へ渡した紐にかけておいた洗濯物の中から、佐吉の腹掛けを取り、乾いているかどうか確かめて、着替えさせてやった。

「お出かけ？」

と、佐吉は言う。おいとは曖昧にうなずいた。

「飴、買ってくれる？」

「飴もいいけど、まだお昼を食べてないだろう？　門前仲町の鰻屋へ行こうよ」

佐吉は、大喜びで端布を箱にしまった。

門前仲町へ出て、一刻あまりもかけて蒲焼を食べたが、そのまま大川へ向う気にはなれなかった。おいとは、はしゃいでいる佐吉の手を引いて中島町へ戻った。

昼下がりの黒江川が、ねっとりと粘りつくように流れていた。長屋の木戸の前を通り過ぎたおいとを見て、佐吉が不思議そうな顔をしたが、おいとは大島町への橋を渡った。何も知らずに握りしめてくる汗ばんだ手が可愛くて、明日の米を買うためにあずかっている紬を早く仕立ててしまわなければと、ふっと思った。が、紬を仕立てることなど、大島町から蛤町へ、蛤町から黒江町へと歩きまわっているうちに忘れてしまうかもしれない。佐吉とどこかへ行ってしまいたいと思うようになる心配はあるのだが。

「おや、おいとちゃんじゃねえか」

橋を渡り大島町へ入ったところだった。おいとは行先を決めかねて、大島川を眺めていたのだが、木戸番の笑兵衛の声だとすぐにわかった。

「この暑い盛りに、どこへ行くのだえ」

「どこへって——」

口ごもったおいとを、佐吉が見上げている。

「太九さんのうちへ行きにくいのなら、一緒に行ってやるぜ」

「いえ」

「行っておやり」

笑兵衛は、米屋の軒下に立っていた。小売りの米屋で、亭主も将棋が好きだという。暇ができたら、さしに行くなどと話していたのだろう。おいとはうしろを向いたが、笑兵衛の近づいてくる気配がした。

「待ってるよ、太九さんは」

ふりかえると、笑兵衛は、てれたように横を向いた。

「でも、おまちさんが看病なすってるって」

「いいじゃないか。病人なんだもの、誰かが面倒をみてやらにゃならねえ」

「だから、わたしなんざ行かない方がいいと思って」

「そういう話は苦手だが」

と、笑兵衛は口の中で言って、月代をかいた。

「おまちさん一人の手じゃ足りないからと、お捨も手伝いに行ってたっけが——。ま、そんなこともあるわな。太九さん、一昼夜譫言を言いつづけていたんだから」

「そんなにわるかったんですか」

「ああ」

　知らなかったと、おいとは呟いた。

「今だから言えるが、お前がつむじを曲げているうちに、太九さんがあの世へ行っちまったらどうしようと思ったよ。太九さんは、おいとさんと佐吉の名前を譫言で呼びつづけているし、弥太さんは、こんな時につむじを曲げている女なんざ金輪際呼ぶなといきまくし」

　譫言を言う太九郎の枕許で、無口な笑兵衛がうろたえて、差配の弥太右衛門が「こんな時に強情を張りやがって」と顔を真赤にして怒っている光景が目の前をよぎっていった。かかわりのないことだと知らぬ顔をしていてもよい人達が、うろたえて歩きまわり、本気で怒ってくれたのである。

「ごめんなさい、わたしもお手伝いしなければいけなかったのに」

「そうなんだよ。とにかく太九さんは、おいとさん、おいとさんと言っているんだから」

「すみません。わたし、一人でねじくれてしまって」

「呼びに行こうと思ったんだが、うちの婆さんに、おいとさんが自分から出てくる気になるまで放っておけと叱られてね。俺は、お前が意地を張るところじゃないだろうと言い返したのだが」

夫婦喧嘩をしたというのである。その間、おいとは佐吉と家の中にひきこもっていた。佐吉が人見知りをするのは、母親のおいとが、人のために怒ったり泣いたりするところを見たことがないせいかもしれなかった。

「さ、行くかえ」

笑兵衛が佐吉に手を差し出した。佐吉はおいとの腰にしがみついたが、泣き出しはしなかった。おいとは佐吉の手を引いて歩き出した。もう一度大島橋を、今度は大島町から中島町へ向かって渡れば、澪通りは木戸番小屋へ向って真直ぐにのびている。

# 第六話　絆

「それはよかった」

と、笑兵衛が言った。喜怒哀楽をあまり表に出さぬ男だけに、大きく口許をほころばせた表情が、駒右衛門には嬉しかった。笑兵衛の女房、お捨は、いつものころがるような笑い声を響かせなかったかわり、駒右衛門に突然訪れた幸運に興奮したのか、動悸を抑えるように両の手を胸に当てている。

お蔭様でと軽く頭を下げて、ふと、明日からはお捨や笑兵衛が深川大島町の家へきてくれることも、自分が杖にすがって中島町澪通りのこの木戸番小屋へくることもなくなるのだと思った。大の大人、いや、年寄りがみっともないと思ったが、涙がこぼれそうになった。駒右衛門は、人差し指の先でさりげなく目頭の雫を拭いながら、今まで、どれほどこの木戸番夫婦に頼りきっていたかをあらためて思い知らされた。

若い頃、世の中にいらぬものは医者と犬の糞だと言っていたのが嘘のように、四十を過ぎてからの駒右衛門は病いがちとなった。佐賀町の家をひきはらったのも、その家が一人暮らしにはひろすぎたせいもあるのだが、一番の理由は大島町に四軒の家作が残っていたからだった。店子にとって大家が親も同然であるならば、家持は、祖父も同然ということになりはしないかと思ったのである。ちょうど四軒長屋の東側が空いた時であった。まだ足をひきずるようなこともなく、駒右衛門は、暇をとりたいと言っていた女中をなだめすかして荷物をまとめさせ、日傭取りに荷車の後押しをさせて越してきた。

が、お捨笑兵衛夫婦が隣り町の木戸番小屋にいなかったなら、佐賀町の家で女中と暮らしていた時よりも情けない思いをしたかもしれない。強引に女中が暇をとっていったのち、駒右衛門は、しばしば痛むようになった膝を曲げて洗濯をし、呼びとめそこねた物売りを足をひきずって追いかけて行った。なぜわたしがこんなことをしなければならないのかと、泣きたくなったこともある。

ひどい暮らしだったと思う。その日も青物売りがきたのに気がつかず、大島橋近くの八百屋まで出かけ、出会ったのがお捨だった。お捨も青物売りからほうれんそうを買いそこね、たまたま大島町の八百屋へきたのだという。

色は白いが、ずいぶんと太った女だというのが、最初の印象だった。よく笑う女だとも思ったが、八百屋の夫婦と世間話をしているお捨を見ているうちに、小粋でちょいとふめる女だと思っていた八百屋の女房が色褪せて見えてきた。もとは日本橋にあった大店の夫婦であるとか武家の出であるとか、いずれにしてもあれほど重みのある亭主と綺麗な女房はいないと界隈の評判であったようで、そういえばそんな噂を聞いたことがあると、しばらくたってから駒右衛門も思い出した。

その時、駒右衛門はついでに米を買って帰るつもりだったが、杖を見たお捨が、あとで届けてあげましょうかと言った。

「はじめてお目にかかった人に」

と、駒右衛門は遠慮をした。我ながらいやな奴だったと今は思う。それならあとでわたしが行ってあげますよと八百屋の女房が言い、店番をしなければならぬ八百屋の女房には頼めないと、しぶしぶお捨に頼んだのだが、銭を渡した直後から後悔していた。米代を騙しとられるにちがいないと思ったのである。

事実、米代をあずけたお捨は、なかなかあらわれなかった。手拭いやら草鞋やら鼻紙やらを売っているので、商い番屋の名もある木戸番小屋である。いずれその利益目当てに木戸番になったのだろう、その女房なら欲深にきまっていると、駒右衛門は、米代を渡すのはやめろと言ってくれなかった八百屋夫婦までが癪にさわり、澪通りってのは何てところだと、天井に向かってずっと毒づいていたのだった。

お捨は、暮六つの鐘が鳴る頃にきた。温かいめしと味噌汁と、ほうれんそうのおひたしに焼いたばかりらしい干物を持って、残りの米を背にくくりつけていた。

「これ、おあずかりしておきましょうか」

と、お捨が白くふっくらとした手で背中を指さした時、駒右衛門は、全身に汗をかいていた。あれほど恥ずかしいと思ったのは、生れてはじめてのことだった。

それなのに、駒右衛門はもう一度失敗をした。二人分の食事をつくるのも三人分をつくるのも変わらないからと言うお捨に、むりやりいくらかの金を渡してしまったのである。「いらない」と、無論お捨は言った。

「困っている時は、お互い様じゃありませんか」

お互い様。

忘れていた言葉だった。佐賀町の近所の人達も、強引に暇をとっていった女中も、大島町の家守(やもり)も店子(たなこ)も、少くとも駒右衛門の前では口にしなかった。ふいにお捨が天女のように見えて、駒右衛門の背にまた汗が噴き出してきた。が、それでも差し出した金を引っ込めることができず、天女に不浄の金を渡してしまったような気がしたものだった。

「それほどお言いなさるなら、おあずかりしておきましょうかねえ」

と、天女はころがるような声で笑いながら金を受け取って、下駄の音を響かせながら大島町の澪通りを走って行った。

以来ずっと、お捨は、朝食と夕食を届けにきてくれた。届けにきたついでに、二階の雨戸の開け閉めもひきうけてくれて、天気さえよければ三日に一度は夜具を干し、日向のにおいがするようになったそれを、駒右衛門が寝起きする茶の間に敷いていってくれた。婆さんに用事ができたからと、夜廻りと町木戸の見張りで一晩中起きている笑兵衛が、夕方、起きたばかりらしい腫れた目で重箱を下げてきたこともある。いろは長屋の住人で、賄い屋で働いている勝次とその女房のおけいが、お捨さんのかわりにと、雑巾やはたきを持って大掃除にきてくれたこともあった。家守や店子達が駒右衛門の家へ顔を出すようになったのは、それからだった。

「ほんとに、笑兵衛さんご夫婦にはお世話になった。有難うございますと、幾度繰返しても追いつかないくらいだ」

「とんでもねえ。たいしたことができなくって、申訳ねえくれえさ」

「それこそ、とんでもない――だ」

昨夜、探しつづけていた娘が見つかった。というより、娘の方が駒右衛門を見つけてたずねてきてくれた。二十年前、彼女の母親がるいと名づけた娘は、駒右衛門と抱き合って泣いたあと、恨むような口調で言った。

どうしてわたしを探してくれなかったんですよ。そんな軀になって、その上ひとりぼっちで、どうやって暮らしていなすったんですか。わたしがそばにいたら、思う存分世話をしてあげたのに。

お父つぁんという呼びかけが快かった。駒右衛門は、お父つぁんとためらいもなく呼んでくれた娘に、中島町澪通りの木戸番夫婦はじめ、いろは長屋の人達や近所の人達のお蔭で、お前が思うほど不自由はしていなかったのだと大仰に説明した。それが、さぞ不自由な暮らしをしていたのだろうと、心配をしていたおるいの気に障ったのかもしれない。少しばかり不服そうな口調になって、「それじゃ大丈夫なんですね」と言った。

「一昨年にね、わたし、所帯をもったんです。いえ、子供はまだなんですけど。亭主は稼ぎがわるいけど気のいい人で、探していたお父つぁんが見つかった、一人暮らしのようだと言ったら、お父つぁんさえよければ、ひきとってやれって。ずっと離れていた分も、親孝行してやれって、そう言ってくれたんです」

駒右衛門の目は涙で曇り、母親によく似たおるいの顔が見えなくなった。

「でも、ここが気に入ってるのなら、しょうがないけど」

「いや、そういうわけではないのさ」

「だったら、うちへきておくんなさいな。さっきも言ったように亭主の稼ぎがわるくって、下谷（したや）の裏長屋で暮らしているのだけど、四畳半一間の三人暮らしでも親子ですからね、何とかなると思う」

お前達さえよければ、うちへこいと駒右衛門は答えた。一昨年のいつ所帯をもったのか知らないが、稼ぎのわるい男の女房になって苦労する気になったのは、おるいがその男を好いているということだろう。或いは、金とか儲けとかいう言葉ばかり口にしていた駒右衛門を覚えていて、貧乏でも気のいい男と所帯をもつ気になったのかもしれない。

いずれにしても、そんなところの四畳半へ割り込んでは行けない。第一、駒右衛門は生涯の大半を終えている。おるいの亭主は、今まで離れて暮らしていた分も親孝行してやれと言ってくれたようだが、それは駒右衛門が言わねばならぬ言葉だった。今まで離れて暮らしていた分、おるいに楽をさせてやりたかった。

「笑兵衛さんもお捨さんも、誰かからお聞きなすったかもしれないが、昔のわたしは材木問屋でね。が、大時化（おおしけ）で材木を積んだ船が沈んで、借金をして、それがもとで店を人手に渡してしまった」

笑兵衛とお捨は顔を見合わせた。駒右衛門の素性（すじょう）については、大島町の表長屋の持主であるということ以外、何も知らなかったようだった。

「そのあとは自棄のやんぱちさ。幾つかあった家作も売ってしまったが、幸い、大島町の家作だけはまだ残っている。あれだけでも、娘に譲ってやりたいと思ってね」

「よかったなあ。俺まで嬉しくなった」

駒右衛門は、目の前に置かれていた湯呑みをそっと脇へ滑らせて、両手をついた。ひとりでに出たしぐさだった。これまでにも、船が沈んで金策に駆けまわっていた時に親戚や高利貸しに両手をついたが、あの時は胸のうちで「今に見ていろ」と叫んでいた。ひとりでに頭が下がることもあるものだとは、今はじめて知った。

「あらためて礼を言わせてもらいますよ、笑兵衛さんにお捨さん。死ぬ前に、それもあの家作を売り飛ばす前に娘に会えたのは、みんなお二人のお蔭だ。有難うございます、ほんとうに助かった」

「まあまあ、お手を上げてくださいましな」

にじり寄ってくるお捨の膝と、そのうしろにいる笑兵衛の膝が見えた。中島町へくることは少くなるかもしれないが、この夫婦がいなくなることはない。一人きりだった二階建の家には、娘がいる。

ふいにまた、涙がこぼれてきた。これほど幸せになってよいのだろうかと疑いたくなるほど、駒右衛門は幸せだった。

　おるいは、隅田川河畔にある茶店の女が生んだ娘であった。駒右衛門はすでに三十路（みそじ）の坂を越えていて、女房も伜（せがれ）もいた。母のおよねは健在だったが父親の先代駒右衛門は三年前に他界、が、心配された商売は、順調に売り上げをのばしていた。駒右衛門の父親が生きていたならばとうに隠居していたという大番頭が、やっと肩の荷をおろせると言ったのはこの頃のことだった。

　茶店の女、おたみと深い間柄になったのは、間違いだったと当時の駒右衛門は思っていた。いや、今でもそうではなかったかと思う。縹緻（きりよう）がよいのと素直なのとに惹（ひ）かれて、つい出合茶屋（であいぢやや）へ誘ってしまったのだが、つきあってみれば、それだけの女だった。料理がうまいわけでも、気の利いたことが言えるわけでもなかったのである。六、七年ほど、確かおるいが五つか六つになるまで、本所相生町（ほんじよあいおいちよう）の一ツ（ひと）目（め）の橋（はし）近くに仕舞屋（しもたや）を借りてやり、申訳のように足をはこんでいたが、楽しいと思ったことはない。迎えに出てきたおたみを見て、これほどいい女だったのかと思うことはあっても、翌朝、おたみの家を出て行くのをつらいと思ったことはなかった。相槌（あいづち）しか打ってくれないおとなしさが、働き盛りの駒右衛門をじれったいような気持にさせたのだ。

材木を積んだ船が大嵐に遭ったのは、おるいが四つになった時だっただろうか、それとも五つになった時だっただろうか。

いやな兆候はあった。大和屋へくれば必ず木口が揃うと喜んでくれて、人にも大和屋がいいとすすめてくれていた大工と、凝った細工をするため値段を気にせずに材木を買ってくれた家具職人があいついで急死し、問屋どうしの争いに巻き込まれそうになったのである。

それだけではない。四代前からつきあいがある仕入れ先が、一軒は藩の継嗣騒動に関係して暖簾をおろす破目になり、もう一軒は跡取りの素行のわるさが表沙汰になってきた。大店の内儀と人には言えぬ間柄となり、藩の奉行所に訴えられたというのである。あとの方は内済となったようだが、取引をつづけるかどうか、大和屋でも毎夜、駒右衛門と番頭達が遅くまで相談するほどの騒ぎとなった。

しかも、これらの問題が起こったのは、すべて駒右衛門がおたみに家を借りてやってからのことだった。当然のことながら、母親のおよねが、おたみを縁起のわるい女だと言い出した。それを待っていたように、女房のおなつも「やきもちをやくようで、みっともないと思ったから黙っておりましたけれど」と、たまっていたらしいものをいっぺんに吐き出した。月々の手当や衣替えの着物などを届けに行く手代や女中は、おたみを縹緻のよい女だが陰気な感じがすると言っている、こういうことにならねばよいがと心配していたというのである。父親の代からの大番頭は隠居して雑司ケ谷に移り住み、駒右衛門が大番頭に据えた男は、およねに負けず縁起をかつぐ男だった。くだらないと一笑に付すつもりだったが、母親、女房、大番頭の三人に、あの女を囲ってからわるいことばかり起こると暗い顔で言われて次第に気がかりになってくる。

駒右衛門は、おたみに暇を出すことにした。しばらくの間暮らしてゆけるだけのものは用意してやろうとしたが、三人に反対された。大和屋に次々と問題を起こした女に――というのである。

おたみは、誘われるがままに出合茶屋へきて、言われるままに茶店の勤めをやめて、駒右衛門のものとなった女であった。内職もろくにできぬ筈で、哀れとは思ったが、大和屋の内情が内情であった。駒右衛門は、すべてを番頭にまかせることにした。

おたみは、なぜ駒右衛門がきてくれないのかと言って泣いたそうだ。五つか六つのおるいが、畳にうつぶせて背を波打たせる母親にすがり、「泣かないのよ、泣くと、こわい鬼さんがくるよ」となだめて番頭を睨んだといい、番頭は、その目がいまだに脳裡にこびりついていると言っていた。そんなことになるだろうと思ったので、駒右衛門は、すべてを番頭にまかせてしまったのだが。

のちに番頭からおたみ母娘に渡した金額を聞き、さすがにうしろめたくなって相生町へ出かけたが、すでに見知らぬ一家が住んでいた。駒右衛門は、家守の家へ行った。それくらいの気持はあった。おたみの行方を尋ねたが、おたみは、一月以上も前に引っ越していて、家守には知り合いを頼って行くと話したという。が、家守はその知り合いが誰であるか聞いていなかったし、駒右衛門も、出入りの鳶職や時折小遣いをせびりにくる岡っ引を使ってまで、おたみを探す気はなかった。

ただ、言訳にすぎないかもしれないが、二人の行方がまったく気にならなかったわけではない。番頭が渡した金では、倹約をしても二年暮らすのがせいぜいだった。縹緻を売りものにして、後添いになるという方法もないではないが、おたみは、自分から男に近づいてゆく女ではない。知り合いが世話をしてくれなければ、それもむりな話だった。

が、おたみとおるいの面影が脳裡をよぎっていたのは、何とか商売をつづけていられた間だけだった。船が沈んで材木を失ったことは無論、大きな損失だったが、それだけではなかった。二度めの仕入れの材木は質がわるく、「大和屋なら」という信用を失ってしまったのである。

大和屋を贔屓にしていた大工も家具職人も、この材木では思い通りの仕事ができないと言って店へこなくなった。わるい噂はひろまるのが早い。たちまち商いがなくなって、浅草にもあった家作を手放した。それでその年はしのぐことができたが、一度離れた客を呼び戻すのはむずかしい。やむをえず借金をし、客を呼び戻すために無理な仕入れをし、仕入れの支払いに金を借りて、その借金を返すためにまた借金をして、身代限りをせぬうちに暇をとらせてくれと言い出す奉公人もあらわれた。

しかも、そんな時に女房のおなつが患いついた。つてを頼って、評判のよい何人かの医者に診てもらったが、何の病いであるのか誰にもわからず、当然かもしれないが、処方してくれる薬はどれもきかなかった。風邪をひくことすらめずらしかったおなつは、思いがけぬ長患いに始終苛立つようになった。当りちらす相手は、女中のほかにいない。たまりかねた女中は暇をとり、出替わりで雇った女中も、大和屋の内情を知ると、次の出替わりで暇をとっていった。おなつの看病は、姑のおよねがひきうけるほかはない。およねはすぐに看病疲れを訴えて、おなつは、気疲れがして癒る病気も癒らないと愚痴をこぼすようになった。

商売はうまくゆかず、借金はふえるばかりである。駒右衛門は、酒に逃げた。番頭が差し出す帳面にいやいやながら目を通し、およねの訴えにもおなつの愚痴にも耳を貸さずに寝床へもぐった。一人息子の吉太郎が、商売のこつを覚えよ、金の有難みを知れという駒右衛門や大番頭の教えに耳を貸すわけがなかった。

おなつは、あしかけ五年の間病いの床にいて、或る日、観世音菩薩のようなやさしい顔になって息をひきとった。疲れた、疲れたと繰返していたおよねも、おなつのあとを追うように他界した。それでも吉太郎の素行のわるさはあらたまる気配すらなく、およねの一周忌がすんでまもなく、喧嘩に巻き込まれて命を失った。町方の同心と岡っ引は、巻き込まれたと言ってくれたが、そばにいた者の話では、吉太郎がすすんで喧嘩の中へ入って行ったようだった。

借金はふえてゆく。母親も女房も伜も逝った。親類達は駒右衛門を疫病神のように言って、たずねて行っても居留守を使うことさえある。奉公人の数はわずかな間に激減して、風の強い日でも店の前に水が撒かれぬため、いつも砂埃が舞い上がっていた。

暖簾をおろさぬ理由は何もなくなった。駒右衛門は、材木問屋の株を売ることにした。買いたい者は、何人かいた。駒右衛門は、裏で金を融通してくれた者の手に株が売り渡されるよう汚い細工をし、その男に残っていた材木も買ってもらった。大和屋の持家に住んでいた大番頭が、この家に住めなくなるのだから金をくれと言ってきたのには驚かされたが、要求してきた三分の二くらいの金を渡してやった。借金を清算して、かぞえてみると手許に三、四両の金が残っていた。

不自由な暮らしがはじまった。大島町の家作が残っていたので飢えることはなかったが、どうせ暇があるのだからと、飯炊きも掃除も洗濯も自分でしようと思ったのが間違いだった。ちょうどよい具合にめしが炊けることなど奇跡に近かったし、代々の大番頭を住まわせていた家は広過ぎた。洗濯をして掃除をすると、大仰に言えば、その日が暮れた。洗濯がこれほど腰の痛くなるものだとは思わなかったし、掃除は一月もたたぬうちに面倒くさくなった。

駒右衛門は、女中を雇うことにした。自分が暇をとれば困るのは駒右衛門の方だと思っていたのか、横柄な態度の女中だった。

「毎度毎度言いたくはないけど、少しは旦那さんも片付けておくんなさいよ」

「また、めざしかえ。たまにゃ厚い卵焼の一切れくらい食べさせてもらわなけりゃ、わたしゃ病気になっちまう」

主人に言うこととは思えない不満や、聞えよがしの独り言を聞いているうちに、駒右衛門は、忘れていた人を思い出した。娘のおるいだった。

おたみの消息はわかっていた。極貧の中で死んだと、相生町の家守が律儀に知らせにきてくれたのである。吉太郎が喧嘩で命を失ったあと、喧嘩相手が吉太郎の方から飛びかかってきたと言い出して、連日、町方同心やら岡っ引やら、その時吉太郎のそばにいたという若者やらに会っていた頃だった。

通りがかりの者を喧嘩に巻き込んで殺してしまったのと、飛びかかってきた相手に怪我をさせてしまったのとでは、罪の重さがちがう。相手が必死になるのも当然であったし、駒右衛門にとっても、吉太郎が運わるく巻き添えとなったと認められるか、喧嘩を売った酔っ払いとされるかでは、大きなちがいがあった。奉行所の吉太郎への扱いも変わってくるし、大和屋へ向けられる世間の目も変わる筈なのである。

駒右衛門は、町方同心に会い岡っ引に会い、吉太郎の遊び仲間だった若者達に会った。同心に連れられて、八丁堀へ吟味与力をたずねて行ったこともある。商売が順調ではないのに、町方や岡っ引に金品を贈らねばならないのは、想像以上につらいことだった。そんな時に、おたみが死んだという知らせをもって相生町の家守がたずねてきたのである。知らせにきてくれなくてもよいのにと、思わなかったと言えば嘘になる。

多分、喧嘩相手の親も町方へ懸命に働きかけたのだろう。吉太郎は喧嘩に巻き込まれたと認められたかわり、まだ生きていることになった。傷がもとで患うかもしれないが、吉太郎の傷はかすり傷――という結末になって、相手の罪がどれくらい軽くなったのか駒右衛門は知らない。ともかく吉太郎へのお咎めはなくなって、内密に野辺の送りをすませた。相生町の家守が人づてに聞いたという住まいをたずねたのは、そのあとだった。店も人手に渡し、夜中に聞える家のきしむ音や風の音が、身にしみるようになってからだった。無論、おるいの姿はそこになかった。

おるいがいてくれたらと、以来、幾度思ったことだろう。およねやおなつは認めたがらなかったが、おるいは、まぎれもなく駒右衛門の娘なのである。吉太郎にとっては妹であり、酒に溺れてしまった駒右衛門のかわりによき相談相手となってくれたかもしれないではないか。

駒右衛門は、おるいを探しはじめた。もはや大和屋に出入りしていた鳶職や、岡っ引の力を借りることはできず、自分の足が頼りだった。おたみが息をひきとった家の周辺から、おるいの知り合いだという人達をたずねてまわったが、わかったことは、おるいが十三、四の頃から縄暖簾で働き、男との関係を噂されていたような、ませた娘であったことだけだった。

当り前さ、十六軒長屋の店賃さえ払えないような暮らしをしていたのだもの。

駒右衛門は、そう思った。おるいは、軀が弱かったというおたみに白いめしを食べさせてやりたい一心で、男に近づいたにちがいない。十三や十四の、それも多分ろくに手跡指南所へも行っていない娘が働けるところは限られている。子守奉公に出たところで、もらえる金は知れたものだ。いや、ことによると、おるいは軀を売ろうなどと考えていなかったのかもしれない。五つか六つの時に父親に捨てられたおるいは、男達に父親の面影を求め、できれば早く所帯をもちたいと思っていたのかもしれないのである。

「勘弁してくれ」

駒右衛門は、たずねてきてくれたおるいを抱きしめた。二十になってはいても、おるいの衿首や胸もとからは若い女特有の仄甘い体臭がかすかに漂ってきた。

「ばかだったよ、わたしは。ほんとに薄情な父親だった」

ばかで薄情な父親を、おるいは、よくたずねてきてくれる気になった。これからできる限りのことはしてやるつもりだが、今は、表長屋の店賃だけで細々と暮らしているような身の上だ。だから、大島町の家作は、おるいの好きにしてかまわない。売ってその金をくれというのであれば、売ってしまってもいい、もし、おるいに借金でもあるならば。

お父つぁん。

呼ばれたような気がしてふりかえった。駒右衛門は、中島町の木戸番小屋から帰るところだった。引越してきたおるいと亭主の亀吉が荷物を片付けはじめたのを見て、邪魔をしてはいけないと出かけてきて、ひきとめられるまま腰を据えてしまったのだった。夜廻りという仕事のため、陽がのぼってから眠りはじめる笑兵衛が目を覚ましたところで、いなりずしと香のものという昼めしまでふるまわれ、ゆっくりと茶を飲んで、夕暮れ七つの鐘を聞くまで来し方を喋り、みずからの失敗を話して笑っていたのだった。

おるいと亀吉は、一昨日、自分達で荷車を引いて越してきた。もらったものだと言い、その荷車は軒下に立ててある。

駒右衛門は、大島橋の上で足をとめた。中島町をかこむ川の一つ、黒江川は薄煙のような夕闇を映している。

荷車をくれるような者が、それも裏長屋に住んでいた夫婦にくれるような者がいるだろうか。

気になる。亀吉の馴々しさも、落着きなく左右を見る目つきも、いずれろくな者ではあるまいという予測以上に、悪党であるような気がする。

でも、家なんざ売ってしまってもいいよな？　苦労させたおるいのためならば。

呟いた自分に自分でうなずいて、駒右衛門は足をひきずって歩き出した。

決してひろくはないが、大島町の家には二階がある。おるいが駒右衛門の居所を探し出し、たずねてきてくれた時に、四畳半一間の裏長屋で暮らすより、この家の方が暮らしやすいかもしれないと言うと、おるいは、「店賃もただになるし」と言って大声で笑った。母親似の美しい顔に似合わぬその笑い声に、駒右衛門は、稼ぎがわるいという亭主の顔が見えたような気がした。

家の造りは、表口から入ると板の間の右手に物置がわりの小部屋があり、障子の向う側が四畳半の茶の間になっている。茶の間のうしろに台所と雪隠（せっちん）があり、使い勝手がよいので、亭主の亀吉は、一階を使いたかったらしい。

「階段の上り下りがつらいったって、まったくできねえわけじゃねえだろうが。何にもしねえ年寄りが二階に上がったまんまになったからって、誰も困りゃしねえぜ」

行李（こうり）と古道具屋から値切って買ってきたような茶箪笥（ちゃだんす）に蠅帳（はいちょう）、それに鍋釜（なべかま）、七輪（しちりん）だけという、わずかな所帯道具を二階へ上げるのすら億劫（おっくう）がって、引っ越してきた一昨日、亀吉はおるいを物陰に呼び、それにしてはあたりはばからぬ大声で言った。さすがにおるいが宥（なだ）め、六畳と三畳の二間がある二階を自分達の住まいとすることにして、ようやく今日、小部屋の荷物を片付けはじめたのだが、亀吉はまだ四畳半の茶の間に未練があるようだった。駒右衛門が佐賀町からはこんできた長火鉢や、家具職人につくらせた茶簞笥も、使ってみたいのだろう。先刻も駒右衛門が出かける仕度をしていると、片付けをあとまわしにして下へ降りてきて、長火鉢の火で煙草に火をつけていた。昨日などは、湯屋へ出かけた間に長火鉢の灰が吸殻だらけになっていた。

駒右衛門は、格子戸にかけた手を離した。茶の間から、亀吉の声が聞えてきたのだった。葭戸だとか餅を入れて吊す網だとか、季節のものを売り歩く際物売りだとおるいは言っていたが、昨日の亀吉は、寝床をあげずに寝転んでいた。今は長火鉢の前で、駒右衛門にはいやなにおいがするとしか思えない安煙草を、たてつづけに吸っているにちがいなかった。

「早いとこ、片付けてくんな」

と、亀吉は言った。おるいが答えたようだが、声が低いので聞えない。そのかわり、おるいの言ったことを、亀吉が笑いながらなぞってくれた。

「一昨日引っ越してきたばかりじゃないかだと？　そんなこたあ、お前に言われなくとも承知してらあ。が、深川の隅っこで、いつまでもごろごろしていられるかってんだ。俺あ、一日でうんざりだ」

おるいが言い返した。もう二、三日とかお父つぁんとかいう言葉が、かすかに聞えた。

「ほんとに、あと二、三日だぜ」

おるいの返事は聞えない。

「二、三日でだめだったら、俺あ、小石川へ帰る(けえ)ぜ」

下谷に住んでいたのではなかったのか。

「言っておくがな、俺あ、何の不自由もなく、小石川の御箪笥町で暮らしていたんだぜ。旗本屋敷の中間部屋(ちゅうげんべや)で開かれる賭場じゃあ、うまいこと儲けていたし、三度のめしをつくってくれる女もいたんだ」

何か言いかけたのを「やかましい」の一言で遮(さえぎ)られ、気を昂(たかぶ)らせたのだろう。おるいの声が高くなった。

「何さ。わたしがお前から逃げ出した時は、頼むから戻ってくれと、手をついてあやまったくせに」

「それが大きな間違えだったのよ」

おるいは口をつぐんだらしい。

「俺あ、手前(てめえ)を見直したんだよ。お前(めえ)はすぐにまた逃げ出したが、そのあと女に困ることはなかった。気がついてみりゃあ、お前なんざいらなかったんだよ」

「それじゃ、小石川の女に食べさせてもらやいいじゃないか」

「言われなくたって、そうすらあ。お前も十五か十六の時は文句も言わずによく働いてくれたから、お前ほどいい女はいねえと思っていたんだが、とんだ間違えだったよ」

「よくそんなことが言えたものだね。逃げたわたしを探しあてた時は、助けてくれ、こんな暮らしから足を洗わせてくれと言って手を合わせたくせに」

「言ったじゃねえか。一、二度賭場へきた中間が、金欲しさに盗みを働きゃあがったんだ。何の気なしに、俺はそれを手伝っちまって……」

おるいの笑う声が聞えた。かわいた笑い声だった。

「何がおかしい」

「笑わずにゃいられないよ、まったく。博奕に使う金欲しさに、盗みの手伝いをしちまったってんだから。おまけに盗んだ男は行方をくらましちまって、手伝った方は、いつ町方に踏み込まれるかと震えてた。そこへ、わたしがのこのこ出かけて行ってさ、わたしと一緒にいたことにすりゃあいいと、知恵をさずけてやったんだものねえ。ばかばかしくって、笑っちまうよ」

「おきゃあがれ。そのあとでまた逃げ出して、俺が女と仲睦まじくやっているところへきやがって、もう一度わたしと一緒になっておくれ、一緒になって、まっとうな暮らしをしておくれと、泣いて頼んだのはどこのどいつだ」

「お前ともう一度暮らしたいと思ったのは」

おるいの声はそこで消え、「気の迷いだと?」と、亀吉が声を荒らげた。

「ふざけるな。お前が忘れられない、頼むからもう一度一緒に暮らしてくれと泣かれて、俺はその気になったんだぞ」

「嘘じゃない。わたしゃいつも、お前はどこでどうしているんだろうと思っていた。また盗みの手伝いをさせられているんじゃないだろうかと、心配していたんだよ。でも――」

「でも、たあ何だ。でも、どうしたってえんだよ。気の迷いたあ、よく言ってくれた。それじゃ、実の親父はまだ家作を持っている、それを売らせて金をもらう、その金でお前に楽をさせてやると言ったのも、気の迷いだったと言いてえのか」

亀吉が声を張り上げた。が、おるいの声は聞えなかった。答えなかったのかもしれなかった。瀬戸物の割れる音がした。湯呑みか何かを、亀吉が投げたのかもしれなかった。

「はい、只今帰りましたよ」

そう声をかけてから、駒右衛門は格子戸を開けた。一瞬、間をおいて「お帰りなさい」と言うおるいの声が聞え、亀吉が台所へ出て行く気配がした。階段は、表口から見えるところにある。

「ずいぶん、ゆっくりしてなすったんだね。今、迎えに行こうかと、うちの人と話していたところさ」

「有難うよ」

障子を開けて出てきたおるいの手を借りて、駒右衛門は板の間へ上がった。しっかりと足を踏みしめたつもりだったがよろめいて、思わずおるいにすがりついた。

「あぶない」

おるいも、大柄な駒右衛門を夢中で抱きとめたのだろう。腕に力が入り過ぎて、駒右衛門と頬が触れた。おるいは、上目遣いに駒右衛門を見て笑った。衿首から、仄甘い匂いが漂ってきた。

下駄の音が走ってきた。おるいかと思ったが、足音は家の前を通り過ぎて行った。いれかわりに、男達の笑い声が近づいてくる。永代寺門前仲町（えいたいじもんぜんなかちょう）周辺の鼈甲櫛笄所（べっこうくしこうがいどころ）

や煙管細工所、袋物問屋などの職人達が大晦日の立番に出て、帰ってきたところかもしれなかった。大晦日の商家は、正面に鏡餅や橙を飾り、軒先には提燈をつるして、除夜の鐘が鳴り出す頃まで店を開けている。櫛笄、袋物などを商うところでは、いつもより品物をふやしているので、客の出入りも多くなる。目の届かぬことがあってはいけないと、職人や鳶職達が、印袢纏を羽織って立番をひきうけるのである。

銅壺のちろりへ手をのばした駒右衛門は、二階の亀吉を呼んでやろうかと思った。大島町へ越してきて一月あまりたつが、駒右衛門は、自分がいる間に亀吉が階下へ降りてきたのを見たことがない。

先刻、おるいは神棚の七五三縄や餅を焼く網、火箸などを買ってくると言って、富岡八幡宮へ出かけて行った。捨市といって、大晦日には、年の市の売れ残りを捨値で売り払う市がたつのである。出かける前、「ねえ、たまにゃ外へ出る気におなりよ」と言う声が二階から聞えてきたが、階段を降りてきたのは、おるい一人だった。あまり機嫌のよい顔ではなかった。早くお帰りと言ってやったが、返事もしなかった。

宵の口五つの鐘が鳴っても帰ってこないのは、買い物に手間取っているのではなく、口喧嘩をしたらしい亀吉と顔を合わせたくないのだろう。八幡宮周辺の道には露店がならび、人通りも多いので女が一人で歩いていても心配はないが、男二人が上と下にわかれて酒を飲んでいるのは気詰まりだった。が、亀吉を呼んで、彼がおりてきたとしても話に困るし、返事をしてくれなければ腹が立つ。一人の方が無事かと、駒右衛門は手拭いを四つに折って、熱燗になってしまったらしいちろりを持った。

下駄の音が近づいてくるが、また通り過ぎて行く。酒はやはり、熱くなり過ぎていた。駒右衛門は、猪口についだ酒のほとんどを残して、数の子を口にはこんだ。

足音が聞えた。階段を降りてくる音だった。酒が足りなくなったのだろうと、駒右衛門は思った。茶の間の障子は閉まっている。亀吉は廊下を通って台所へ行き、冷や酒を片口に入れて二階へ戻るにちがいなかった。

予測通り、足音は台所へ入って行った。駒右衛門はぬるくなった酒を口に含み、猪口を猫板に置いた。廊下の障子の開くのが、その目の端に入った。こわがることはないと思ったが、箸を持った手が虚空でとまり、頬がこわばった。

「何だ、爺さんも飲んでいるのか」

と、亀吉は言った。一升徳利と片口を両手に持っている。障子は、足で開けたようだった。

「ちょうどいいや。俺もそこで飲ませてくんな。爺さんに話があるんだ」

答えを聞かぬうちに亀吉は部屋へ入ってきて、長火鉢をはさんで駒右衛門と向い合った。

「そっちは燗かえ。一杯もれえてえな」

亀吉はそう言いながら台所へ立って行って、客用の茶碗を見つけてきた。

「すまねえが、爺さん、徳利の酒を片口にあけて、ちろりに移してくんな。おそらく、話は長くなる」

「長くならないと思うがね」

亀吉は、薄笑いを浮かべて駒右衛門を見た。駒右衛門は、真顔で見返した。

「家作のことだろう?」

「大当り」

亀吉は、あぐらをかいた。

「早く売ってもらえと、この間っからおるいに言っているんだが、埒が明かねえ。爺さん、この通り頼まあ。金をつくってくんねえな」

「つくらないでもないが、何に遣うのだえ」

「お前に言うこたあねえだろうが」

「それなら、お断りだね。わたしだって、わけもわからずに家作を売ったりしないよ」

「何だと?」

「すごんでもだめだよ。わたしは、ごくまっとうなことを言っている」

おるいが未練を断ち切れずに探したというだけあって、亀吉は女形にしたいような優男だった。が、始終動いている目が時折、妙に据わって不気味としか言いようがなくなる。

今がそうだった。駒右衛門は、こんなにひややかな目の男と、よくおるいが暮らしていられると思った。見たことなどある筈もないが、徳川家康の祖父、清康が殺害され、嫡子の信康が介錯されたという村正の妖刀は、こんな光をたたえているのではあるまいか。村正の刀を持った者が人を斬ってみたくなるのだとすれば、亀吉は、この目をもっているために、見るものすべてが気に入らず、小悪党となってしまったのかもしれない。

それにしても、駒右衛門は、自分が信じられなかった。妖刀のように光る目で見られていながら、臆せずに言いたいことを言っているのである。多少、掌に汗をかいているが、袂から手拭いを出し、亀吉の目の前で拭いてみせる余裕もある。

大和屋の主人であった頃にこの落着きがあればとふと思って、駒右衛門は苦笑いをした。今のような落着きは、物を失うことを恐れなくなってから出てくるものなのかもしれなかった。

娘のおるいが、父親よりこの無頼な男と暮らしたいと思っているのなら、それでもよい。それには金がいるというのであれば、こんな家作ぐらい、いつでも売り払ってやる。ただし、娘に金を必要とする理由があるのならば、だ。有難う、お父つぁん、これでわたしは幸せになれると言ってくれて、駒右衛門もそう思えるのであれば――の話だ。

苦労をしつづけたらしい娘が、お父つぁんに会えてよかったと思ってくれるなら、駒右衛門はそれだけでいい。もう、金はいらぬ。家作もいらぬ。すぐ近くに木戸番夫婦がいる。いろは長屋に勝次とおけいという夫婦もいる。あの人達がそばにいてくれると思えるだけで、幸せではないか。

亀吉が無職であると知って、木戸番の笑兵衛は、勝次の働いている賄い屋に口をきいてくれたらしい。米をといだり野菜物を洗ったりする仕事でよければと、勝次が知らせにきてくれたが、駒右衛門は、亀吉には話をせずに断った。迂闊に亀吉を働かせて、笑兵衛や勝次に迷惑をかけるようなことがあってはならなかった。

が、そのかわり、家作を売り払ったあとの駒右衛門の仕事が見つかった。米をといだり野菜物を洗うくらいは、多少足が不自由でもできるだろう。精いっぱい働いて、稼いだ金でたまには安酒の二合くらいと団子を買って、酒で軀を暖めて夜廻りに出て行く笑兵衛と、甘いものが好きだというお捨に持って行きたい。

「爺さん。返事をしてくれたって、罰は当るめえが」

亀吉の声が聞えた。家作を売って金をつくってくれと、言いつづけていたのだろう。駒右衛門は、自分の猪口にだけ酒をついで、猫板の布巾の上にちろりを置いた。亀吉も懐から手拭いを出して、ちろりに巻きつけた。

「返事は、おるいが帰ってきてからだ」

「どうして」

「わたしの身代は、おるいに譲るんだよ」

「俺あ、そのおるいの亭主だぜ。亭主の俺が金に困ってるんだから——ってえのは情けねえが、ここで気取ることもねえだろう。俺あ、おるいが、お前さんから金を強請り取ってもいいくらいのわけがあると言うから、きたくもねえ深川へきてやったんだ。家作を売ってもれえねえのなら、引っ越しの代金やら、賭場で稼げなかった分やらを払ってもらうぜ」

　おや、これは何だとわざとらしく呟きながら、亀吉は腰へ手をまわした。帯の結びめにでもさし込んでいたのだろう、駒右衛門の前に突き出された手は、菜切り庖丁をつかんでいた。先刻、台所へ茶碗を取りに行った時に持ってきたのかもしれなかった。猫板の上に置かれた庖丁は、おるいが研いだのか、見慣れたそれとはちがう光を放っていた。

「金はないよ。あれば、女中を雇っている」

「ごもっともと言いてえが、それじゃ話にならねえ」

格子戸が開いた。「今帰りました」と言うおるいの声も聞えた。亀吉は肩を揺すって笑い、「ここだ」とおるいを呼んだ。

「お前が茶の間にいるなんて、めずらしいこともあるものだね」

そう言いながら障子を開けたおるいの目が、猫板の上の菜切り庖丁を見た。おるいの視線を追っていたらしい亀吉は、「そういうことさ」と言って笑った。

「いくら催促しても、お前が、もう少し待てとばっかり言ってるからよ」

「お父つぁんからお金をもらえば、お前はすぐに小石川の女のところへ行っちまうだろう？　だからさ」

茶の間へ入ってきたおるいは、下げていた風呂敷包を開けて大きな盆を出した。金は駒右衛門が渡してやったのだが、おるいは、捨値の七五三縄や橙や裏白の葉などを、さらに値切って買ってきたのかもしれない。盆にのせた裏白の葉の間から、一目で安物とわかる簪がのぞいた。

「とんだやきもちだぜ」

　と、亀吉が笑う。

「お前がぐずぐずしているから、俺あ、小石川が恋しくなったのさ。みんな、お前のせいだ」

「あいかわらず都合のいいことばかり言っているけど、ま、いいことにしようよ。お父つぁん、お聞きのようなわけなのさ」

　おるいは、簪を裏白の葉の陰へ指先で押し込んでから駒右衛門をふりかえった。

「すまないけど、お父つぁん、多少安い値でもいい、早いとこ家作を売ってお金をつくっとくれ」

　駒右衛門は、おるいではなく亀吉を見た。八幡宮へ行こうという誘いを断って、亀吉がおるいの留守に二階からおりてきたのは、駒右衛門に、家作を売った金は亀吉に渡すという証文を書かせたかったからではないのか。

「ご亭主にも言ったが、売ってくれと言うなら売らないものでもない。が、それを何に遣うのだえ」

「二人で仲よく暮らすんだよ。家作を売った金で娘が幸せになれりゃ、お父つぁんも本望だろうが」

「本望だよ」

駒右衛門は、亀吉からおるいへ視線を移した。

「が、金をもらってもいい親父がいると、お前はそう言ってこの亀吉さんを連れ戻したんだろう? そんなせりふにつられてついてくるような男が、信じられるかえ」

「爺さん」

亀吉の手が菜切り庖丁へのびた。

「よけいなことを言うんじゃねえ」

駒右衛門は、庖丁を握って立ち上がった亀吉を、おるいがとめてくれるのではないかと思った。が、おるいは、口許に薄い笑いを浮かべて駒右衛門を見た。

「金がありゃ、この人だってまともになるかもしれない。だからお父つぁんは、黙って家作を売りゃあいいんだよ」

「金ができたら、小石川の女のところへ行っちまうんじゃないのかえ」

「ぐずぐず言わないでおくれ」

若い女でもこんな声が出るのかと思った。おるいは、低く押し殺した声で言って、亀吉のうしろに立った。

「わたしゃね、千両箱を三つ四つ重ねて、どうぞお受け取り下さい、これでご勘弁下さいと、お父つぁんに両手をついてあやまってもらいたいくらいだよ。大和屋の台所も火の車だったのかもしれないが、子供まで生ませた女に渡す金が、不義密通の内済じゃあるまいし、七両ってこたあないだろう。あの時この家を売っ払ってくれりゃ、五十両、百両という金ができたんだよ」

駒右衛門は、おるいから目をそらせた。あの時、この家作を売り払ったとしても、商売のために遣っていただろう。

「おっ母(か)さんのことだ、百両ありゃあ、それをちびちび遣って、わたしが十七、八になるまで暮らしていたにちがいない。いや、百両とは言わない。五十両、三十両だってよかったんだ。お前がそれくらいの金をくれていりゃあ、おっ母さんは医者に診(み)てもらうことができたんだよ。子供のわたしが、あまり大きな声じゃ言えないことをして稼いできて、その金を渡してやると、おっ母さんは医者へ行くふりをしてお米を買ってきたんだよ。お米を買ってきて、当分食う心配はないから、もう稼ぎに行かないでおくれって、そう言っていたんだよ」

おたみの白い顔が目の前に浮かんだ。

「大和屋のばかやろう。ばかで、けちで、薄情で、人殺しなんだよ、お前は。わたしゃ、この家作を叩き売って、お前の身ぐるみ剝いで追っ払ってやる」

「わかったかえ」

亀吉が口をはさんだ。

「孝行娘が見つかったと喜んでいたのだろうが、一皮剝げばこんなものさ。今からでもいい、沽券状を持って名主のうちへ行きな。大晦日だ、名主もまだ起きているだろう」

「いやだ」

駒右衛門はかぶりを振った。自分でも意外なほど落着いていた。

「気が変わった。家作は売らない」

「何だと」

「家作はおるいに譲る。わたしの死んだあとは、叩き売ろうが、叩き毀そうが、おるいの好きにすればよい。が、贅沢はできなくとも、毎月の店賃で暮らす方が、おるいは幸せだよ。わたしは確かにばかで薄情な奴だったが、それでもおるいの父親だ。お前さんが菜切り庖丁で脅かしても、わたしは家を売らない」

「ただの脅しと思っているのかよ、爺さん」

「ああ。お前は、さっさと小石川の女のうちへ帰った方がいい」

「このくそじじい」

菜切り庖丁の刃が光ったのは見えた。亀吉が人を傷つけるところを見れば、おるいも未練を断ち切るだろうと思ったのだが、やはり、菜切り庖丁を胸で受けとめるのはこわかった。駒右衛門は思わず目をつむり、軀を横へ傾けた。

つむる前の目に、一瞬、おるいが映った。おるいは、頰をひきつらせて亀吉の方へ手をのばしていた。亀吉の庖丁に手を添えて、一緒に駒右衛門を傷つけようとしているようにも見えた。

悲鳴が聞えた。駒右衛門は、夢中で声のする方へ這(は)い寄った。なぜか、おるいが衿首を押えて蹲(うずくま)っていた。

「まぬけの親父……」

指の間から血が流れ出して、おるいの胸のあたりを赤く染めた。

「その年齢(とし)で怪我(けが)をしたら、命とりになっちまうじゃないか。まぬけ……」

「喋るんじゃない。じっとしておいで」

駒右衛門は、うろたえながらおるいを抱き起こそうとした。「まぬけ」と、おるいは呟いて目を閉じた。

「そんな風にわたしを動かすんじゃないよ、よけいに血が流れるじゃないか。ここへそっと寝かせておいて、家守の爺さんでも呼んできておくれ」

「わかった」

と答えたが、不自由な駒右衛門の足は、思うように動いてくれない。おるいは、目をつむったまま亀吉を呼んだ。

「一っ走り、お前が行っておくれよ。わたしが転んで、菜切り庖丁で怪我をしたことにしてやるから」

返事はない。

「それから、小石川へ帰ってもいいよ」

庖丁が、駒右衛門の膝許(ひざもと)に放り出された。亀吉が茶の間を出て行って、格子戸の開く音がした。

駒右衛門はおるいの傷口に手拭いを当て、それ以上何をしてよいのかわからずに頬ずりをした。「爺(じじ)いのくせに髭(ひげ)が生えている」とおるいは憎まれ口を叩いたが、いやがりはしなかった。

幾人もの足音が走ってきた。家守の声が、「戸板、戸板」と叫んでいる。除夜の鐘が鳴り出して、遠くから厄払(やくはら)いの声も聞えてきた。

# 第七話　奈落の底

人の気配で目が覚めた。

手燭が置かれているのか、暗闇の中で眠っていた目にはまぶし過ぎるくらいの明かりが枕もとにある。とんでもない侵入者がいるのかと、お捨は用心深く起き上がった。

「起こしちまったか。すまねえ」

夜具の裾の方で、夫の笑兵衛の声がした。笑兵衛は深川中島町の木戸番をつとめていて、夜廻りとやむをえない通行人に町木戸のくぐりを開けてやるのとで、朝まで床に入ることはない。

が、お捨の方は、宵の口の五つの鐘が鳴ると眠くなってしまう。黙認されている内職、蠟燭やら手拭いやら鼻紙やら、草鞋やらを売る商売が、番小屋へ行けばとりあえず必要なものはそろうと思われているせいか案外にいそがしく、夕暮れ時には、眠るにちょうどよい疲れがたまるのである。笑兵衛への夜食をととのえると、五つ半にはいつも軽い寝息をたてていた。

笑兵衛は、夜具を敷けば坐るところにも不自由する狭い部屋に上がり、手に炭取りを下げている。腰をおろして暖をとれるよう、上がり口に置かれた長火鉢の炭火が弱くなってきたのかもしれなかった。

「わたしが、つぎましょうか」

「え？　うん――」

笑兵衛は、曖昧な返事をして苦笑した。笑兵衛が炭をつぎ足しても、多分、火はおこらない。お捨が夜着の上に綿入れを羽織るかすかな音が案外に大きく響いて、「すまねえな」と笑兵衛が繰返した。

「何だか、のどがかわいちまって」

お捨も湯が飲みたかった。二人そろって食べた夕飯の、塩引きの鮭のせいかもしれなかった。

お捨が炭をついでいる間に、笑兵衛が、汲みおきの甕の水を鉄瓶にいれてきた。その鉄瓶を五徳にのせ、炭の上にのせた火種を何ということもなく見つめていると、川音が聞えてくる。中島町の南を流れてきた大島川は、木戸番小屋の向かいにある自身番屋の横で、仙台堀からの枝川と一つになる。昼のうちはあまり気づかないが、そこで大きな音をたてて隅田川に流れ込んでいた。

炭の位置をなおすつもりでお捨が火箸を取ると、笑兵衛が口を開いた。

「お前、おたつさんを知っているだろう？」

「ええ」

うなずいたが、意外な気がした。笑兵衛は、人の噂というものを口にしたことがない。

「たった今、出会った」

「おたつさんとですか？」

川音は、いつも夜になると高くなる。それが本来の響きなのだろう、はじめて中島町にきた人は、川の音で眠れないと言う。大島川の向うは越中島町で、新地と呼ばれる岡場所があり、かなり遅くまで橋を渡ってくる足音や酔っているにちがいない話し声が聞えるのだが、今はそれもない。深夜の九つを過ぎているのかもしれなかった。

おたつは三十二か三、まだ男の目をひきつける美しさは充分に残っている。ただ、おたつ自身はもう年寄りだと笑っていて、身なりにさほど気を遣っているようすはなく、そばへ寄ってきた男の手を叩いたという話はあっても、浮いた噂はまったくない。といっても、中島町へ越してきたのが半年ほど前のことで、夜の川音がうるさいと愚痴をこぼさなくなったのは、ごく近頃のことなのだが。

「この夜更けだ。びっくりして、思わず、どこへ行ったのだと尋ねちまった」

「そりゃそうですよ」

それを、わるいことをしたと思っているのかもしれない。女房に打ち明けて、ともに罪をかぶってもらいたいような笑兵衛の口ぶりがおかしくて、お捨は、ころがるような声をあげて笑った。

「でけえ声だな」

と、笑兵衛は、まだ沸かぬ湯を湯呑みにそそぎながら言う。

「弥太さんとこの長屋だったら、両隣りがびっくりして飛び起きるぜ」

「まあ」

いろは長屋の差配、弥太右衛門は今夜の当番で、自身番屋に詰めている、が、静か過ぎて長い時間をもてあまし、一緒に詰めている差配と交替で、居眠りをしているかもしれない。

「で、おたつさんは、何と言いなすったんです？」

「おさわさんのうちへ行っていたのだそうだ」

「こんな遅くまで？」

「おさわさんの具合がわるくなったらしい」

おさわは、大島町の蕎麦屋、和田屋喜八の女房だった。和田屋は、中島町を三方からかこむもう一つの川、黒江川を渡った大島町にある。仙台堀枝川の向う側、熊井町には有名な翁蕎麦があるのだが、喜八の父親は、手打元祖の看板をかけている翁屋に負けない蕎麦をうつと評判だった。日本橋の方から食べにくる人もいて、眠る暇がないという贅沢な悩みを、当時、お捨はおさわから聞いたことがある。五年ほど前におさわには舅にあたるその男が死んで、少し客足が落ちたそうだが、それでも繁昌をつづけている。今年から、十五になった伜が手伝うようになったそうだ。

「和田屋さんには、ほかに十三になる娘さんもいる筈ですけど」

笑兵衛の返事はない。亭主も伜も娘もいるのに、なぜおたつがこんなに遅くまで看病していたのだろうという疑問を、お捨はそっと飲み込んだ。昨日の夕暮れ、お捨は大島橋のたもとにある八百屋でおさわを見かけているし、今日、弥太右衛門と蕎麦を食べてきたと言って昼飯の用意をしていたお捨を怒らせた笑兵衛も、翁屋ではなく和田屋へ行ったにちがいない。笑兵衛もそれ以上のことは言わなかったが、お捨にも、おたつの嘘を穿鑿しようという気持はまるでなかった。

荷揚げ人足の三郎助は、いつも夕七つに湯屋へ行く。

中の堀や油堀に着く船から、干鰯や藍玉や味噌などをそれぞれの問屋の河岸蔵へはこぶ仕事は、八つ半頃に終る。三郎助も、それからしばらくの間は問屋の裏庭か河岸に蹲って、世間話をするらしい。特別な手間賃がつくので、早出の仕事があると必ずひきうけているようだが、早出でも八つ半前に仕事場から帰ることはない。三郎助が住んでいる相川町の長屋の差配、長次郎の女房のおとくは、さぶさんが帰ってきたら、じきに七つの鐘が鳴ると言って笑っていた。

帰ってくると、雨が降っていても雪がちらついていても湯屋へ行く。これも、おとくから聞いた話だが、上州生れの三郎助が江戸へきて、一番気に入ったのが湯屋なのだそうだ。口べらしのために十四で故郷を出たというのであれば、生家に湯殿などある筈もない。兄達と、もらい湯に行っていたのだろう。

越後生れのおたつの母も、江戸へ出てくるまではもらい湯だったという。その時は親切にしてもらって有難いと思っていたし、今もそう思うようになったけれど、江戸へ出てきた当時は、好きな時刻に近くの湯屋へ行けるのが嬉しくてしょうがなかったと言っていた。三郎助の場合は、もらい湯の家がよほど遠かったかして、十九になるという今も、湯屋を知った時の嬉しさが消えないのかもしれない。長屋のすぐ近くにある松の湯にのんびりとつかり、松の湯の隣りの縄暖簾で安酒を飲んで、焼魚でめしを食べ、極楽、極楽と言いながら暮六つ過ぎには長屋へ帰ってくるのである。まったく遊ぼうとしない、近頃めずらしい子だよと、おとくは言う。松の湯の娘が三郎助に心を動かして、積み上げた薪の陰に呼び出したが、棒のように突っ立って目を見張るばかりで、しまいには「とんでもない」とかすれた声で言って逃げ出してしまったそうだ。

「少しずつでもお金をためて、それまでに自分がどんな商売をしたいのか、きめるんだとさ」

うちの伜と代わってくれりゃいいんだけどねと、おとくは苦笑した。

長次郎とおとくの伜、宇之助は、長屋の家主でもある干鰯問屋に奉公していたというが、今は父親のかわりに店賃を集めたり、長屋の木戸の古い貼紙をはがしたりしている。色が白く、痩せていて、始終、頭痛の薬を懐に入れていた。軀の具合がわるくなって、干鰯問屋から暇をとったというおとくの話は嘘ではないようだが、煙草屋の娘を口説いたとか、松の湯の娘に嫌われたとかいう噂もある。

だが、三郎助に的をしぼる気になったのは、宇之助のお蔭だった。宇之助は三郎助より一つ年下の十八歳だが、相川町の料理屋で働いているおたつに、まぶしそうな目を向けるようになったのである。十九の三郎助が、十三も年上の自分へ目を向けてくれるだろうかと心配だったのだが、宇之助の視線で自信がついた。

それに、ついこの間までのおたつは、いっそ宇之助に近づいてしまおうかと考えていたのである。働いている甲子屋は、即席料理の店として名の通った魚千とはちがい、三郎助が通っている縄暖簾と大差ない。空樽を腰掛がわりにする土間がないだけで、衝立で仕切った座敷に、鮟鱇の鍋をはこんで行くような店だった。それゆえ客もちがう。魚千へは問屋の主人達が取引先を連れて行くが、甲子屋には、祝儀をもらった船頭や、佐賀町とか永代寺門前とか、少し離れたところにある料理屋の板前などがくる。味のよしあしのわかる人がくるのだと女将は言っているが、そんな一面もあるのかもしれない。

独り身の男は案外に多かった。おたつを目当てに甲子屋へ通ってくる男もいた。住込で働いてくれというのに、昼間だけというおたつの我儘に女将がうなずいてくれたのも、昼飯に甲子屋まで足をのばす客がふえて、これがかなりの売り上げになったからだろう。昼飯を食べにくるようになった客は、必ずと言ってよいほど、夜は何をしているのかとおたつに尋ね、俺の商売も昼間だけだと、なかば冗談のように言うのである。

が、遠まわしでありながら露骨な誘いに、うなずいてもよい相手はいなかった。どの男も、おたつの計画を黙って実行してくれるようには見えなかった。いや、実行してはくれるだろうが、時間をかけるのをもどかしがって手荒な手段をとり、たちまち岡っ引に目をつけられてしまいそうだった。それではかつて恥ずかしい商売をして、必死に金をためた甲斐がない。

宇之助は少々臆病そうだし、そのあたりはおたつの言うことをきいて、うまくやってくれるだろう。が、宇之助の母親であるおとくは、おたつが深川へ越してきて、はじめて親しく口をきくようになった女であった。甲子屋の主人の目が気になるというおたつの嘘を信じて、大島町の方に近い中島町の長屋を探してくれた恩人でもある。宇之助はどうでもいいが、おとくの一人息子を、計画にひきずり込みたくはなかった。そんな時に、三郎助と出会ったのである。

その日、おたつは油屋へ灯油を買いに行った。いつもおとくの家の前で荷をおろし、立板に水のお喋りを聞かせて行く油売りの大声も、それに笑いころげる女達の声も聞き逃してしまったのだ。やむをえず油屋まで走って戻ってくると、三郎助がいた。おとくと立ち話をしていたのだった。手拭いと糠袋を持っていて、そういえば、夕七つの鐘が鳴っていた。

「あら、おたつさん。今日は、今お帰りかえ」

と、おとくがおたつに声をかけた。

「いえ、油を買ってきたところ。つい油売りの声を聞き逃しちまって」

三郎助は、はにかんだような顔をしておたつに頭を下げた。日向のにおいがしたような気がした。計画へひきずり込むには気の毒なような気もしたが、計画を実行に移すには、どうしても手助けがいる。以来、おたつは口実を設けておとくをたずね、家の外へ呼び出した。七つの鐘が鳴る店からの帰りがけに寄ると、手拭いを肩にかけた三郎助が、必ず木戸のうちからあらわれた。親しい間柄というには程遠いが、顔見知りにはなっている筈だった。

湯屋の二階へは上がらないが長湯らしいよと、おとくは言っていた。が、半刻近く松の湯にいるとしても、もう縄暖簾で酒を飲んでいるだろう。幸い中島町から行くと、縄暖簾は甲子屋の手前にある。甲子屋に忘れてきた財布を取りに行って、縄暖簾の前で腹痛を起こすという狂言は決して不自然ではない。

おたつは、鏡を鏡台に架けた。白粉を薄く塗った、自分でも整っていると思う顔が映った。目尻と目頭、それにここ一、二ヵ月の間に刻まれた口許の皺が気になるが、それは目を見張ったり、微笑を浮かべたりしてごまかすことにしよう。おたつは、毛筋で鬢をふくらませ、おくれ毛を撫でつけて家を出た。

相川町へ行くには仙台堀の枝川にかかっている橋を渡らなくてはならないが、南側にある名無しの橋のたもとには、自身番屋と木戸番小屋がある。番屋に詰めている差配達はともかく、木戸番夫婦とは顔を合わせたくなかった。

以前は武家であったとか日本橋の大店の主人であったとかいう噂があって、界隈の人達は皆、木戸番夫婦を頼りにしているらしい。が、おたつにとっては、あまり近寄りたくない人物だった。継ぎはぎだらけの綿入れを着ているのに品があるなど、薄気味がわるいだけではないか。しかも、その夫婦のかたわれ、笑兵衛に、ひそかに和田屋のようすを窺って帰ってきたところを見られてしまった。もっと気のきいた嘘はいくらでもあるものを、なぜ、おさわの看病をしていたなどという言葉が口をついて出たのだろう。おさわの昔馴染みであるとは言い触らしておいたので、不思議には思われなかったようだが、おさわが病気でなかったことは、もうわかってしまったにちがいない。なのに昨日、湯屋で出会ったお捨は、そのことに触れようともせず、いつものようにころころと笑っていた。まったく奇妙な女だった。

おたつは、遠まわりをして福島橋を渡った。暮六つの鐘にはまだ間があるのに、人通りが絶えていた。富吉町に沿って長い海鼠塀をめぐらせている大名屋敷に植えられているのか、桜の花びらが足許に落ちてきた。

罵声は、富吉町を抜けたところで聞えてきた。おたつは、裾をからげて走り出した。甲子屋の客も言葉は荒いが、喧嘩がはじまるようなことはない。縄暖簾の客が揉めているにちがいなかった。

三郎助が怪我をしては困る。あの男には手助けをしてもらわなければならないんだ。横丁から飛び出すと、喧嘩の男達の黒いかたまりが見えた。やはり、縄暖簾の前だった。それも、一人の男を数人の男が足蹴にしているのである。

「何をしているんだよ」

おたつは、夢中でかたまりの中へ飛び込んだ。

「さぶさんが何をしたってのさ。肩が当ったとか何とか言うんだろうが、よってたかって蹴っ飛ばすことはないじゃないか」

甲子屋のおたつだと言う声が聞えた。足蹴にしている方に、甲子屋へきたことのある男がいたようだった。おたつは、倒れている三郎助をかばいながら男達を見廻した。おたつが帰る頃に酒を飲みにくる、渡り中間の顔があった。

「さぶさんは、わたしの知り合いだよ。知り合いに怪我をさせてごらん、わたしが黙っちゃいない。お百度詣りをして、賭場でのツキをみんな落としてやるから覚えておいで」

知らぬ顔をするつもりだったらしい縄暖簾の主人と女将が、おそるおそる外へ出てきた。つられたように、箸や猪口（ちょこ）を持った客達も顔を出す。湯屋からの帰りらしい男も足をとめて、渡り中間が首をすくめた。退散する気になったようだった。

「さぶさんが怪我をしていたら、薬代を取りに行くからね」

後姿に向かってわめいて、気がつくと息がはずんでいた。なぜこれほど興奮したのか、自分でもわからなかった。「おたつさん、でしたっけ」と尋ねる小さな声が、うしろから聞えてきた。

今日の花曇りから、明日は晴天に変わるのかもしれなかった。生暖かい風が、砂（すな）埃（ぼこり）と一緒に花びらもはこんできた。

軒下に吊るした草鞋があまり大きく揺れるので、いっそはずしてしまおうと、お捨は小屋を出た。北川町の方から歩いてきた三人連れの一人が、大きな桜の枝をかついでいた。花見に出かけ、酔いにまかせて折ってきたのだろう。先刻の花びらは、その枝から散ったのかもしれない。眺めるともなく眺めていると、三人連れは、越中島町への橋を渡って行った。馴染みの妓（こ）にも、花見をさせてやろうと思っているらしい。

お捨は、軒下へ手をのばした。女としては大柄な方なのだが、草鞋をたばねた縄を釘からはずすには少し背が足りない。踏台を取りに行こうとすると、うしろから近づいてきた人が苦もなくはずしてくれた。

「笑さんは、お寝み中かえ」

定町廻り同心の神尾左馬之助だった。

「寝ずの番だもの、お寝み中にちげえねえわな」

左馬之助は一人で納得して、笑兵衛を起こしに行こうとしたお捨をひきとめた。

「あとで笑さんに渡してくれればいいよ」

そう言って、左馬之助は、二つ折りの半紙を綴じたものを草鞋の上にのせてお捨に渡した。

「笑さんに頼まれたものだよ」

「まあ、有難うございます」

礼を言ったが、笑兵衛が何を頼んだのかわからなかった。左馬之助は、「笑さんがめずらしいよな」と目を丸くしてみせて踵を返した。供の小者が番屋の前に立っていたが、左馬之助が番屋に入らねばならぬ出来事など、ここ数年、中島町で起こったことはない。差し口——界隈の出来事を耳打ちする岡っ引の姿も見えず、左馬之助は、小者が小走りになるほどの早足で歩いて行った。

風が、草鞋の上にある綴じた半紙を吹き飛ばそうとした。あわてて押えたが、一枚目が開いて、「甚兵衛店たつ」という文字が見えた。

「甚兵衛」は、長屋の家主の名前であり、甚兵衛店には半年前からおたつが住んでいる。半紙に書かれている内容は、おたつの身許調べのようなものであるらしかった。

風が、軒を揺すっていった。お捨は、寝息をたてている笑兵衛をふりかえった。

甲子屋のある相川町へは福島橋を渡って通っているようで、あまり顔を合わせたことはないのだが、おたつは妙に気になる女だった。甚兵衛店の差配、十五郎の女房から聞いたところによると、挨拶にきたおたつは、和田屋のおさわとは昔馴染みであることや、偶然、相川町の甲子屋で働くことがきまったことなどを尋ねもせぬのに話していったという。嘘ではないのだろうが、おさわは昔馴染みが近所に越してきたことを喜んでいるようすがない。なのに、おたつが和田屋、和田屋と繰返しているらしいのが、どこか不自然でならないのだ。笑兵衛が左馬之助におたつの身許調べを頼んだのも、事が起こるようであってはと、心配したからにちがいなかった。

「どうした」

と言う笑兵衛の声がした。軒を揺する風の音で目を覚ましてしまったのかもしれなかった。

「あの、神尾様が」

お捨は、綴じた半紙と草鞋をかかえて小屋の中へ戻った。起きてしまうつもりなのか、笑兵衛は枕もとの着物へ手をのばしていて、着替えをすませてから左馬之助からの身許調べを受け取った。一枚目の半紙が折れていたが、何も言わなかった。

お捨は、たたんだ夜具を部屋の隅に寄せて茶籠の蓋を開いた。そんな動作が、番屋の前に立っていた弥太右衛門に見えたのかもしれない。「笑さんが起きたのかえ」と言いながら、小屋に入ってきた。笑兵衛が目を覚ますのを待ちかねていたのだろう。書役の太九郎はあまり将棋に興味を示さず、中島町の番屋の当番となる差配達も、暇さえあれば将棋というわけではない。

「目を覚ましたとたんに、何を読んでいるんだよ」

「養生訓の写し」

精いっぱいの嘘を言って、笑兵衛は、覗き込もうとした弥太右衛門に「眠くなるぜ」と笑った。

「顔を洗って茶を一杯飲んで、それから番屋へ行くよ」

二つ折りにされている半紙をさらに二つに折ってお捨に渡し、手拭いと桶を持って小屋の裏へ行く。炭屋の井戸で顔を洗うらしい。弥太右衛門も、強い風に首をすくめて番屋へ戻って行った。

笑兵衛は、顔を拭きながら戻ってきた。身許調べの半紙をお捨が懐へ入れているのを見て、「読んでみろ」というようにあごをしゃくる。お捨は、笑兵衛に熱い茶をいれてやって、二つ折りの半紙を開いた。

「甚兵衛店たつ深川今川町生三十二歳」の文字が目に飛び込んできた。その隣りに、「次郎右衛門店和田屋喜八女房さわ同町生三十六歳」の文字がある。昔馴染みだというおたつの言葉は嘘ではなかった。

おさわは十六で和田屋へ嫁いだが、おたつは所帯をもったことがないようだと左馬之助は書いている。どういう事情があったのか、おたつ一家は下谷へ移り、それから三年後に父親が他界したらしい。驚くのは、おたつが二度、町方に捕えられていることだった。しかも、はじめて捕えられたのは、十四歳であったという。その年齢で辻に立ち、男の袖をひく商売をしていたのである。捕えられた時の罪名は「喧嘩」だった。おそらく、同じ商売の女達へ挨拶をせずに辻に立ったのだろう。喧嘩とはいうもののの、袋叩きの状態だったにちがいない。二度目は、取り締まりの網にかかったようだった。

一度目は十四という年齢の上、怪我をしていたこともあって、同心が番屋で心得違いを諭して帰したという。二度目の時のおたつは十七、八になっていた筈だが、なぜ解き放ちになったのかわからない。その後も、人の亭主を寝取って騒ぎを起こしたり、妾奉公をして金だけ受け取って行方をくらましたりしていたらしい。下谷にその頃のことを覚えている差配がいたが、奉行所の記録には何もない。大番屋に送られたことがないのである。七年ほど前、京橋南紺屋町に移っているが、そこで何をしていたかはわからないようだった。

そこで左馬之助の記録は終っていた。

「ずいぶんと苦労した人なんだな」

笑兵衛が呟くように言った。

「ほんとうにねえ。きれいで陽気な人なのに」

返事はない。かわりに茶をすする音が聞えて、しばらくたってから「お向かいへ行ってくる」と言う声が聞えた。

「おたつさんには恩があるから」

と、三郎助が言った。

それだけ？　――と、おたつは、袢纏をかけて暗くした明かりの中で三郎助を見る。三郎助におたつが抱かれているのか、おたつが三郎助を抱いているのか、からみあった腕の中で三郎助があわててかぶりを振った。

「恩があるからってんで、わたしの言うことをきいてくれるのかえ」

「ちがいますって」

荷をはこぶ時は肩に厚い刺子をのせているが、陽にさらされての仕事である。三郎助の皮膚は、荒れて掻き傷などができているのではないかと思っていたが、日焼けこそしているものの、見事に滑らかだった。風呂に入らせてくれる料理屋へ行った一昨日などは、薪の陰へ三郎助を連れて行った松の湯の娘の気持がわかったと思った。恥ずかしそうにうしろを向いていた三郎助の背は、湯の雫をはじき飛ばして、赤銅色に光っていたのである。

「でも、さぶさんは堅物だもの」

「俺、みんなからそう言われるけど」

「そんなことない？」

うなずいたあごが、おたつの胸に触れた。

「でも、さぶさんに、こんなことを頼むのは気がひける」

「だから、どんなことなのか教えておくんなさい」

「わるいこと。悪事」

「嘘でしょう?」

「ほんと」

全身に触れている三郎助の軀がおたつよりひえて、はっきりと別のものになった。

おたつは、三郎助の額に頰をつけた。

「一緒に悪党になっておくれよ」

三郎助は黙っていた。

「奈落の底まで一緒に落ちてくれる気はないのかえ」

三郎助の軀はさらにひえてきて、しかも文字通り、腰がひけてゆくような気がする。

おたつは、昼のうちに見たら汚れもほころびもあるにちがいない中宿（なかやど）の夜具を、三郎助の頭がかぶってしまうほど引きずり上げ、その中に自分ももぐった。

「わかりました」

かすれた声が答えた。

「俺は、おたつさんと奈落へ落ちることにします。あの時、あの男達は、俺が馬鹿（ばか）っ正直な顔をして酒を飲んでいるのが気に入らねえと言って、因縁をつけてきた。少しくらい、悪党になった方がいいのかもしれねえ」

「そりゃそうさ」

よかった。これで長年の恨みを晴らすことができる。思わずおたつは三郎助を抱きしめた。

「で、どんな悪事を働くんですかえ」

ここからがむずかしい。どんな風に話せば、三郎助はおたつと一緒におさわを恨んでくれるのか。

「お前、大島町の和田屋を知っているかえ」

「店の名前だけは」

「亭主は喜八、女房はおさわってえんだけどさ」

計画を打ち明けるより先に、頼むから二両貸してくれと、おさわに両手を合わせた日のことを思い出した。あの日、おさわは、ろくにおたつの話を聞こうともせずに、大島橋のたもとに立っていた男を追って行った。

躯が震えてきた。あの二両があれば、おたつの父親はみずから命を絶たずにすんだのだ。

確かに二両が必要になった原因は、父親の藤吉自身がつくった。おたつが十三歳だった、夏の夜のことだった。建具職人だった父親は、ふるまい酒に酔って帰る途中、やはり酔って土蔵裏の河岸を歩いていた男に突き当たり、その男を堀割へ落としてしまったのである。

表沙汰にはならなかった。夕涼みに出ていた男達が大勢いて、すぐに落ちた男を船着き場の桟橋へ引き上げてくれた。医者の診立てても、怪我はかすり傷、多少水を飲んではいるものの、数日後には仕事場へも行けるだろうということだった。

が、半月ほどたった時、その男がきたのである。真夏が暑さを増して引き返してきたような日がつづいていて、父はめずらしく寝込んでいた。暑気あたりとかで、濡れ手拭いを額にのせて寝ている胸や太腿に、汗の玉が浮いていたのを覚えている。

男は、堀割に落とされたのがもとで仕事ができなくなったと言った。手間取りではあるが、大工だったのだそうだ。出るところへ出てもいいという一言で、父は震え上がった。大工だという男の言いなりに金を出し、畳に額をすりつけてひたすら詫びた。男は、これで勘弁してやると言って帰って行った。

それで終ると思っていたのだが、勘弁してやると言った筈の男は、翌月も、その翌月も、足が痛む、手が動かないと言って金を取りにきた。あやまって人に怪我をさせた者が八丈島へ送られた例もないではなく、父の頭の中は、島送りになったらという恐怖でいっぱいだったのかもしれない。畳に額をすりつけては、鍋釜《なべかま》まで質に入れてつくった金を差し出した。あげくが、下谷への夜逃げだった。

　それでも、男は追いかけてきた。心労で母は床につき、翌年、十四歳になったおたつは、近所の若者に「小遣いをやるから」と誘われたのを機に、辻に立って男を待つようになった。同じ商売の女達から、こっそり稼ぐのは許せぬと、半死半生のめにあわされたこともある。岡場所の取り締まりがあるというのに近くをうろついていて、縄をかけられたこともある。岡っ引の視線からその胸のうちを察してすり寄って、難を逃れたからよかったようなものの、それでなければ古米特有のいやなにおいがする牢獄のめしを食べる破目になっていたかもしれない。もっとも、その頃はもう、父親は首を吊って死んでいた。男が寄越せと言ってきた三両のうち、二両がどうしてもつくれなかったのである。

　おたつは、当時まだ健在だったおさわの両親を頼った。一両でもいい、二分でもいいと泣いて頼むおたつに、おさわの両親は、しばらく迷った末に言った。

「貸してやりたいが、わたし達にゃそんなお金はない。が、おさわをたずねてごらん。和田屋さんが繁昌しているので、おさわも小遣いをもらい、それをわたし達のためにためたと言ってきた。わたし達が承知していると言えば、そのお金を貸してくれるだろうよ」

だが、おさわは、おたつが彼女の両親に会ったという話さえ聞こうとしなかった。姑の命日だとかで、舅と墓参りに出かけるところだったのだ。

舅が大島橋のたもとに立って、おさわを待っていたことは知っている。嫁が、舅に気を遣わねばならないこともわかっている。が、助けてくれとすがりついた昔馴染みの手を振り払わねばならぬほど、舅を待たせるのはいけないことだったのか。父親の生死にかかわることだと泣き出した昔馴染みを、あとにしてくれと突き放すほど、姑の命日がたいせつだったのか。父親が命を絶ったのは、その翌々日のことだった。

恨むのはおさわではない、父親を強請りつづけた男だ、いや、そんな男に突き当ってしまった父親だと、どれほど思おうとしたことか。が、父親を不運、強請りの男を憎いと思った気持は、たちまち「あの時、話を聞いてくれたなら」と、おたつを押しのけるようにして駆けて行ったおさわに向いてしまうのである。

「やめますかえ」

と、三郎助の声が言った。

「俺、おたつさんのためなら、ほんとに何でもします。あの時、おたつさんがきてくれなければ、俺は、腕の一本くらい、へし折られていたかもしれねえ」

「また、それか」

「いえ。――あの、助けてもらったことも有難えけれど、あんなあらくれの中へ夢中で飛び込んでくれたおたつさんが、俺は嬉しくってならねえんです」

三郎助の首にまわしている、おたつの腕から力が抜けた。その腕にもう一度力をこめ、日に焼けた額に唇をつけた方がよいのはわかっていたが、背を向けたくなった。三郎助の人のよさも、人のよさを感じてしまう自分も哀しかった。

「あのね」

しばらく間を置いてから、おたつは早口に言った。

「和田屋へお蕎麦を食べに行ってね、何の虫でもよいから蕎麦か蕎麦猪口（そばちょこ）の中に入れて、騒ぎを起こしておくれよ」

わかったという返事も、しばらくたってから聞えた。

先にお捨を呼ぶ声に気づいたのは、駄菓子を買いにきて、手習いで二重丸をもらったと自慢していた子供だった。

顔を上げると、相川町のおとくが裾をからげて走ってくるのが見えた。片方の手を大きく振り、大変だ、さぶさんがつかまったと叫んでいた。

おとくが「さぶさん」というのは、四、五年前、木戸の外で空腹をかかえて蹲った三郎助のほかにいない。つかまったというのは、町方に捕えられたということか。見るからに人の好さそうなあの若者が町方の手をわずらわせるようなことをするとは思えなかったが、名無しの橋を渡ってくるおとくは、越中島町にまで聞えるような声で、「さぶさんが岡っ引に引っ立てられた」と叫んでいた。

お捨は、好奇心をむきだしにしておとくを見つめている子供に、「もうお帰り」と言った。子供は案外素直にうなずいて、駄菓子の袋の口を器用に折り、跳ぶように路地へ入って行った。

「お捨さん、聞いたかえ、さぶさんが和田屋で騒ぎを起こしたんだってさ」

「まさか。人違いですよ、きっと。さぶさんなら、今頃は中の堀あたりで働いてなさる筈ですもの」

「わたしもそう思ったのだけど」

おとくは、肩で息をしながら言った。

「でもね、大島町の番屋から、書役が素っ飛んできて言ったんだよ。さぶさんは、つかまえてあった油虫を蕎麦猪口の中へ入れようとしたんだと。それで、それを、たまたま隣りにいた岡っ引に見つかっちまったんだと」

「そんな、まさか。岡っ引の親分が見間違えなすったか、どこかの三郎助さんが、出来心で虫を入れようとしなすったんですよ」

「うちの亭主も、甚兵衛店の十五郎さんもそう言いながら大島町へ行ったのだけれど、まだ帰ってこないんだよ」

おとくは、小屋の中をのぞいた。おとくの大声に目を覚ました笑兵衛が、起き上がったようだった。

「もう、いても立ってもいられなくってね。笑兵衛さんに、番屋まで行ってもらえると有難いんだけど。勘弁してやってくれと笑兵衛さんが言ってくれれば、和田屋さんも岡っ引も、何もなかったことにしてくれるんじゃないかと思って」

笑兵衛が出かけなくとも、和田屋が事件にしたがらぬ筈だ。三郎助かもしれぬ男が蕎麦猪口へ油虫を入れたのは事実だろうが、こんなものが食えるかと難癖をつけられたわけではない。事件になる手前でおさまったものを表沙汰にすれば、引き合いのための呼び出しに応じて、奉行所へ出頭しなければならない。繁昌している店に休みの札を貼ることになるし、付き添いの町役人には、かなりの礼をしなければならないのである。

が、笑兵衛は、手早く着物を着て土間へ降りてきた。また寝む(やす)時間を削られてしまったが、おとくの亭主や十五郎の後楯(うしろだて)となって、三郎助を引き取ってくるつもりらしかった。


おとくの家へは寄らずに、三郎助の住む長屋の木戸の中へ入った。軒下から向かいの家の軒下へ渡した洗濯物の竿、羽目板にたてかけられた盥(たらい)や高箒(たかぼうき)など、どこの長屋も同じ光景があって、野良猫らしい太ったのが、日だまりで脚を舐(な)めていた。

三郎助の家は、左手の奥から二軒目だった。会うのは冬木町あたりの中宿ときめていて、訪れたことはない。が、おとくがそう言っていたし、出入口の腰高障子に、下手な文字で㊂と書いてあるので間違いあるまい。

おたつは、案内も乞わずに障子を開けて後手(うしろで)に閉めた。万年床らしい薄い布団の上に寝転んでいた男が、驚いて起き上がった。

「何だって、手前(てめえ)の蕎麦猪口に油虫を入れたんだよ」

三郎助は、恥ずかしそうに万年床をたたんで、部屋の隅に押しつけた。

「わたしゃ、和田屋で騒ぎを起こしてもらいたかったんだ。手前の蕎麦猪口へ油虫を入れて、ごていねいにそのつゆを飲んで、隣りにいた岡っ引に見つけられるなんてまぬけな真似を、誰がしてくれと頼んだよ」

「でも……」

三郎助は、蚊の鳴くような声で答えた。

「騒ぎは起きた」

「手前が番屋へひきずられて行ったからだろう？　わたしゃ、そんなことを頼んだんじゃないよ。和田屋の蕎麦の中にゃ虫が入っていた、食えたものじゃねえってえ大騒ぎを起こしたかったんだ」

「勘弁しておくんなさい」

それも、蚊の鳴くような声だった。

「わかっていたんですが。でも、和田屋がつぶれるよりいいかなと思って」

「何だって」

殴りつけてやろうかと思った。虫を入れて騒ぎを起こしたいと言ったのだから、おたつが和田屋に恨みを抱いていることぐらいはわかるだろう。おたつが蕎麦に虫を入れてよければ、とうにやっている。が、おたつの蕎麦から虫が出てきたのでは、おたつの恨みを知っているおさわに、すぐ気づかれてしまう。だからこそ南紺屋町の縄暖簾でも、つてを頼って女中となった甲子屋でも、おたつと一緒におさわを憎んでくれる男を探していたのだ。

「誰が、和田屋に繁昌してもらいたいと言ったよ。え、誰が、あのおさわに幸せでいてもらいたいと言ったんだよ」

「どんなわけがあるのか知らねえけど……」

「知らないんなら、よけいなことを考えるんじゃないよ。お父つぁんが死んだ時からずっと頭の中にあったもくろみを、目茶苦茶にされた身になってみろってんだ」

「すみません」

膝をそろえて坐っている三郎助は、首が折れたのではないかと思うほど深くうなだれた。

「すみませんじゃすまないんだよ、この大馬鹿野郎。お父つぁんが死んだあとも、わたしが何のために軀を売ってたと思ってるんだ。あの女に、生きるか死ぬかという気持をあじわわせてやりたいからじゃないか。それまでに、どれほどお金が入り用になるか、わからないからいやな男にも抱かれていたんだよ。この馬鹿野郎。これでわたしは、ただ軀を売ってた女になっちまった」

わめいているうちに涙がにじんできた。おさわの手許に、二両という金がなかったのなら仕方がない。が、あの時、おさわはかなりの金を持っていた。おたつの手を振りはらって駆け出したのは、舅が橋のたもとで待っているという、それだけのことだったのだ。

おたつの話を聞いていれば、「年寄りを待たせやがって」と舅が腹を立てたかもしれない。気むずかしい親父（おやじ）を怒らせるなと、亭主の喜八が不機嫌になったかもしれない。男達のふくれ面（つら）で、しばらく家の中が陰気になったかもしれないが、それが、昔馴染みの父親の、生きるか死ぬかの話を聞けぬ理由になるだろうか。

「おさわはもう、わたしの差金（さしがね）だと気がついているよ。和田屋の評判を落とすなんて、もうできやしない。これまでの苦労は水の泡だ。馬鹿野郎、死んじまえ」

「すみません」

三郎助は、両手を畳についた。

「でも、俺は、あの、おたつさんが、あとでつらい思いをするんじゃねえかと思って……」

「ああ、たっぷりとつらい思いをさせてもらってるよ、お前なんぞに、頼むんじゃなかったってね」

「すみません。でも、そうじゃねえんです。あの、もし和田屋がつぶれたら、きっとおたつさんはつらくなると思ったんです」

「何を言ってるんだい。わたしゃね、おさわの泣きっ面さえ見られればと、嫌いな男に抱かれるのを我慢してきたんだ。和田屋がつぶれたら、この界隈の人達に酒をふるまって、大口あけて笑ってやるよ」

「それは、つぶれた時だけのことですよ」

おたつは横を向いた。

「おたつさんは、そういう人じゃない」

「買いかぶってくれて有難うよ」

三郎助が、うなだれていた頭を上げた。顔が赤く染まっていた。うつむいていたせいだけではないようだった。

「あの、俺、おたつさんが好きだ」

そう言わせるようにしむけた筈だったのに、おたつはうろたえた。好きだ、惚れていると幾人もの男に言われたが、まともに受けとめたことはない。まして、けちな男や金のない男は、一夜の代金めあてに寝ることはあっても、はなから相手にしていなかった。荷揚げ人足の三郎助もわずかな稼ぎをちびちびとためている、おたつに言わせれば、けちで貧乏な男ではなかったのか。

「ついこの間まで、女の人の中では、木戸番小屋のお捨さんが一番好きだったんだけど、今はあの、おたつさんが一番好きだ」

俺は、一文なしで江戸へ出てきたと、三郎助は言った。眠る場所を探しているうちに道に迷い、空腹に耐えきれなくなって蹲った。目の前に町木戸があったことと、恰幅のよい男がその木戸の前に立っていたことのほかは、霞がかかってしまったように記憶が消えている。

霞に陽がさして記憶がはっきりするのは、翌朝からのことで、三郎助は、鯵のひらきに味噌汁という朝食を夢中で食べた。が、番屋にいた弥太右衛門から聞いたところによると、三郎助は、卵入りの粥をすすって寝たのだという。すでに床についていたお捨が、わざわざ七輪に火をおこして粥をつくり、まだ明かりのついていた炭屋から卵をもらってきてくれたのだそうだ。

「見ず知らずの人間のため一所懸命になってくれる人もいるんだ、そう思いました。でも、笑兵衛さんとお捨さんのような人が、ざらにいるわけがねえ。もしかしたら、俺は、ざらにいねえ人の二人まで会っちまったのかもしれねえと思っていたら、おたつさんがいた」

と言って、三郎助ははにかんだように笑った。

「あんな乱暴な人達の中へ夢中で飛び込んでくれるのは、おたつさんしかいねえ――」

確かに、あの時は夢中だった。が、半分くらいは、せっかく見つけたお人好しの男に怪我をさせられてたまるかという気持からだったと思う。

「そんなおたつさんが、和田屋をつぶして、いつまでもいい気持でいられるわけがねえ。何であんなことをしちまったんだろうと、後悔するにきまってる」

「それじゃ、どうしてお蕎麦の中に虫を入れるのを承知したんだよ。いやだと断ってくれれば、わたしゃ、別の男を探したんだ」

三郎助は、べそをかいたような顔になった。

「断れば、別れるとおたつさんに言われると思ったから」

なじる言葉が見つからなくなってきた。

「和田屋に因縁をつけるのはいやだったけれど、約束は守らなくてはいけねえ。だから、俺あ、うちで叩きつぶした油虫を持って行って、俺の蕎麦猪口へ入れたんです」

「底無しの馬鹿野郎だよ、お前は」

一度かわいた目に、別の涙がにじんできた。

「油虫を入れて蕎麦つゆを飲む男を客が見れば、大騒ぎになるだろう、騒ぎを起こすという約束も守れると思ったんですが、隣りにいたのが岡っ引だったんで、変にかんぐられちまった。――すみません」

おたつは三郎助に駆け寄った。抱きしめたかったのかどうか自分でもよくわからなかったが、三郎助は、殴られると思ったのかもしれなかった。坐ったままあとじさりして、かぶりを振った。

「勘弁しておくんなさい。おたつさんの名前は、一度も番屋で出してねえ」

「当り前だよ」

「俺は、兄弟が多すぎてね」

親には、ろくにかまってもらえなかったという。腹が空いたと泣いても、もう少し我慢をおしという答えが返ってくるだけで、縄をなう母親の手がとまることはなかったし、着物の鉤裂きも、妹と弟の子守をまかされている姉に繕ってくれる余裕はなかった。

「だから、人のうちの柿を盗むこととか、弱虫からあったかい食いものを取り上げるとか、そんなことばかりしてた。江戸へ行けば食えると聞いて、うちを飛び出してきたんだけど、いくら江戸だって、働かなけりゃ食えるわけがねえし、働き口がすぐに見つかるわけもねえ」

水で空腹をごまかすのも限界があり、三郎助はたまらずに蹲った。

「弥太右衛門さんから笑兵衛さんとお捨さんの話を聞いた時、俺あ、ほんとうに嬉しかった。だって、お捨さんは眠っていたのに起きてくれて、七輪で粥をつくってくれたんですよ。はじめて人にかまってもらえたと思ったら、涙が出た」

おさわはかまってくれなかったが、かまってくれる人がいないわけではなかったと、おたつは思った。惚れたと言ってくれた男は、ずっとかまってくれたかもしれないし、嘘まじりの身の上話を聞いてくれたおとくも、おたつをかまってくれた一人だろう。

思い出すとまだ腹が立つが、おさわなんぞがかまってくれなくたって、いいじゃないか。和田屋へ蕎麦を食べに行って、おさわが出てきたら、ふん——と鼻先で笑ってやって、蕎麦には箸もつけずに出てきてやりゃよかったんだ。そうだよ、金を貸してくれというわたしに知らん顔をしたのだから、食べてくれと出される蕎麦に知らん顔をすればよかったんだ。

が、「すまなかった」と三郎助は詫びている。

「おたつさんにつらい思いをさせねえためなら、油虫くらい飲めると思ったんだけど。——すまねえ、どうにも気持がわるくって飲めなかった。おまけに、底に油虫のいるのが因縁をつけようとした証拠だと、岡っ引にからまれちまった」

　こんなことを言って笑わせてくれる、間抜けで可愛い大馬鹿野郎もいる。ひょっとすると、わたしは奈落の底から這い上がりかけているのかもしれない。

「お前、笑兵衛さんにも番屋へきてもらったんだろう？　お礼に行ったのかえ」

　三郎助は、かぶりを振った。

「ばか。ほかのことは忘れてもいいけど、お礼だけは忘れちゃだめなんだよ」

　だが、おたつをこんな気持にさせてくれた三郎助への礼は、いつ言うことになるのだろうか。

# 第八話　ぐず

裏口に錠をおろそうとして、ふと迷った。深川中島町澪通りの木戸番小屋には、始終客がいる。先日おすずがたずねて行った時は、いろは長屋の住人だという子供連れの若い夫婦がいたし、その前は、木戸番女房の友達だという五十過ぎくらいらしい女が二人、鉄瓶の湯を勝手に急須へついでは、でがらしをすすり、「この間も話したけどさ」という世間話を繰返していた。

そのほかにも、いろは長屋の差配、弥太右衛門は、自身番屋に詰めている時も家にいる時もしばしば番小屋に顔を出すし、番屋の書役も豆腐屋の金兵衛も遊びにくる。今日も昼前からそのうちの誰かがやってきて、土用の丑の日にはこれと、鰻を食べてしまったかもしれなかった。

土用とは、立秋前の十八日間をいう。鰻が夏痩せによしとは万葉の時代から言われているそうだが、土用中の丑の日に鰻を食べれば夏負けをしないとは、近頃言い出されたものらしい。平賀源内という知恵者が考え出したとか、神田和泉橋の鰻屋に大名家から蒲焼の注文が大量にあった時、土用丑の日の出来が格別によかったのがはじまりとか、風習のようになった割にはその由来がよくわからない。いずれにしても土用の丑の日と鰻に特別な関係はないのだろうが、おかしなもので、日をかぎられると、軀に効きめがありそうな気がする。

鰻は、おすずの好物だった。日本橋室町の乾物問屋、大黒屋の娘だった時も、本石町の鰹節問屋、大須賀屋に嫁いでからも、土用の丑の日といわず、よく食べていたものだ。ただ、大須賀屋から離縁を言い渡されてからは、翌日の米を買う金すらなかったこともあり、長い間、鰻屋の前を通らぬように気をつけていた。

それでも一昨年あたりから、深川熊井町でいとなんでいる絵草紙屋が繁昌するようになり、鰻屋の前を大手を振って通れるようになった。今では、鰻屋の亭主や女将の方から挨拶をする。去年の丑の日は無論、蒲焼を食べたが、この日は屋台から一串が二朱もする店まで、一日中混雑している。その中へ一人で入って行く気はなく、前日に中串を二本頼んでおいて、焼き上がったのを受け取ってきた。
が、一人で食べる蒲焼は、好物であるだけにあじけなかった。ことに去年は、二度と会わないと実家の兄に約束した人と、昔、屋台で食べたことを思い出し、せっかくの蒲焼がのどを通らなくなった。それで今年は賑やかに食べようと、一人前二百文で食べさせてくれる熊井町の鰻屋に、五人前を頼んだ。これだけあれば、木戸番の笑兵衛と女房のお捨のほかに、向いにある自身番屋からにおいを嗅ぎつけてくる者がいても、たっぷり食べられると思ったのだ。

　しかも昨日、湯屋への行きがけに頼んだ時、鰻屋の亭主は、中島町の木戸番小屋なら暮六つ前のちょうどいい頃に届けてやると言ってくれた。熊井町と中島町は、仙台堀から流れてくる枝川をはさんで向いあっている。町内の蒲焼を焼くだけで精いっぱいだと断られても仕方がないのにと、今の今まで亭主の親切を喜んでいたのだが、もし弥太右衛門が富吉町の鰻屋に、お捨の友達だという女達が北川町の鰻屋に蒲焼を頼んでいたならば、笑兵衛とお捨は、一日中同じものを食べる破目になる。

　その上、おすずはお捨を驚かすつもりで、熊井町の鰻屋から五人前が届くことを話していなかった。何も知らないお捨と笑兵衛が、弥太右衛門達と食べてしまったかもしれないとは、今になって気がついた。

　小半刻もすれば、暮六つの鐘が鳴る。鰻屋の亭主は、岡持に半紙を敷いておけと小僧に言っていることだろう。

「いまさら一人前でいいとも言えないし。ああ、もうどうしよう」

　おすずは、こめかみを指先で押え、それから大きくかぶりを振った。

「みんなが蒲焼を見てげんなりした顔をしたら、大島川へ打棄ったっていいじゃないの。ただでさえ暑っ苦しい時に、ぐずぐず考えるのはなし。ほんとにわるい癖」

錠をおろすと、その音が聞えたのかもしれない。隣家の裏口が開いて、女房のおやえが顔を出した。まったくの偶然だったが、建具職人の亭主、勘助が、大須賀屋の雨戸の修理を頼まれたことがあったそうで、姑(しゅうとめ)や女中達からおすずの悪口を聞かされたのだろう。おやえも勘助も、十になる娘も、ついこの間までおすずが挨拶をすると横を向いていた。

が、今日は、「お出かけですかえ」と、おやえの方から声をかけてきた。勘助は一時、大須賀屋から、かなりの仕事をもらっていたらしい。が、風の便りに聞くと、三代つづいた大須賀屋の暖簾(のれん)は、人手に渡ってしまいそうな状態であるという。大須賀屋頼みだった勘助の仕事も減ってきて、つい先日などは、鰻屋の庇(ひさし)や濡れ縁の修理までひきうけたそうだ。

「お兄さんのところですかえ」

「いえ、中島町の笑兵衛さんとお捨さんのところへまいります。一緒に蒲焼を食べようということになっているものですから」

「それはそれは。うちは、昼にもういただきました」

そう言って、おやえはおすずを見た。いやな予感がした。

「あの、お捨さんとのお約束が、暮六つ前ですので」

「そうですか」

一言二言、おやえは口の中で言った。聞きとれなかったが、大須賀屋さんがと言ったような気がした。かつての亭主、大須賀屋林三郎に、居所を教えてしまったのではないかと思った。

居所を教えられてしまったのなら、また引越を考えねばならない。考えねばならないが、熊井町のこの家は、おすずが一人で生きてゆけるようにと兄の四郎兵衛が借りてくれたものだった。仕舞屋だったのへ手も加えてくれた。五人前の鰻を注文できるくらいの収入があるようになったが、移り住むとなれば、話は別である。仕舞屋を店に造りかえるには、また兄の手を借りねばならない。勘助夫婦が大須賀屋の知り合いとわかった時、青くなって酒を持って行ったのは、大須賀屋にだけは居所を教えてくれるなと頼むためだった。隣りでごたごたを起こされるのはいやだから教えていないと勘助は言い、これからも言いはしないと約束してくれた筈なのである。

「あの、大須賀屋が何か」

「いえ。行っておいでなさいまし」

おやえは、愛想のわるかった頃の顔つきに戻って、家の中へ入って行った。

気にはなったが、決して教えてくれるなと、しつこいくらいに頼んだのである。その約束を亭主が破ってしまったとすれば、女房のおやえもうしろめたいだろう。詫びの一言も言わねばと思うにちがいない。「行っておいでなさいまし」で、お終いにはすまい。

おすずは、中島町へ急いだ。枝川の橋を渡ろうとすると、向う側のたもとに立っているお捨の姿が見えた。お捨もおすずに気づいたようで、手を振っている。おすずは、小走りに橋を渡った。

「びっくりしましたよ。いきなりお皿に山盛りの蒲焼が届くんですもの」

お捨は、笑窪のならぶ赤ん坊のようにふっくらとした手で口許をおおい、ころがるような声で笑った。

「弥太右衛門さんが今夜のお当番で、あとで屋台の串を買いに行こうと話をしているところだったんですよ。そこへ、熊井町の鰻屋さんからの、それも山盛りの出前でしょう？　もう嬉しくって、嬉しくって。ちょうど居合わせた書役の太九郎さんも、お豆腐屋さんの金兵衛さんも、みんな大喜びなの」

お捨とおすずを除けば皆、男である。おすずは、酒を買ってこなかったことに気がついて足をとめた。お捨はまた、ころがるような声で笑った。

「お酒？　いいんですよ、お茶けで。うちの笑兵衛は夜廻りがあるし、弥太右衛門さんはお当番ですもの。お酒を飲ませて二人が眠ってしまったら、わたしが夜廻りに出て、おすずさんが番屋に詰めなければならない」

「ほんと」

番小屋と番屋から人が出てきて、薄闇のおりてきた澪通りに立った。笑兵衛と弥太右衛門のようだった。お捨とおすずの笑い声が聞えたのかもしれなかった。

おすずの店は、大島町から中島町、橋を渡って熊井町へとつづいている澪通りを、相川町との角で右に曲がったところにある。そのまま歩いて行くと正源寺の山門があり、亭主の墓参りにきたという年寄りと、永代寺へ参詣にきた干鰯問屋の内儀が、おすずの店に腰をおろし、たった今まで「近頃の若い者は」と胸にためていた不満を吐き出していた。孫へのみやげにはどの錦絵がよいだろうかと年寄りが内儀に話しかけて、そこから長い話がはじまったのだった。

兄の四郎兵衛が親しい地本問屋に口をきいてくれたお蔭で、おすずの店には開板されたばかりの、それも人気絵師の錦絵がすぐ届けられる。干鰯問屋の内儀は、自分も買った役者絵を年寄りにすすめ、ついでに「ここのおかみさんは錦絵の色が褪せないよう気を遣っていなさるので、なまじな店で買うより、ずっとよいですよ」と褒めてくれた。

確かに気を遣っているが、実は気を遣わざるをえないのである。

大須賀屋から離縁された事情が事情で、兄も、おすずの面倒は自分がみると言えなかったのだろう。大黒屋の暖簾に傷をつけた、放り出してしまえという親戚の意見にうなずいて、おすずには、しばらく一人で生きてみるのもよいかもしれないと言った。が、仕立物の内職ができるほどおすずは裁縫が達者なわけではなく、食べもの屋をいとなむとしても、縄暖簾はおろか蕎麦屋にすら入ったこともなかった。

絵草紙屋ならとおすずが言ったのは、昔、田所町や新和泉町あたりでそんな店を見かけたことがあったからだった。店には二十七、八くらいの女がいつもひっそりと坐っていて、縄暖簾や蕎麦屋の女達のように、めまぐるしく動いていることはなかった。

「どんな商売でも甘く見るものじゃない」と兄は苦々しげに言ったが、それでも店になるような空家を探してくれた。永代寺門前ではなく、熊井町の静かな通りにある仕舞屋を見て「ここがいい」と言ったのは、親戚達の手前、何年かおすずに商売をさせて、しくじったところでひきとるつもりだったのかもしれない。

が、おすずは、米を買う百文の銭がなくても、実家へは行かなかった。兄にすがれば、自分の女房や番頭に内緒で二、三両の金を渡してくれるとわかっていたが、水を飲んで飢えをしのいだ。十年以上も前のことで、若かったからこそできたことかもしれない。

中島町の木戸番夫婦とは、その頃に知り合った。というより、助けてもらった。いくら若くても、食事のできぬ日が二日もつづけば軀が悲鳴をあげる。暑い夏であれば、なおさらだった。飢えをごまかす水を汲みに井戸へ行こうと、手桶を持って家を出たとたんに目がまわったのである。陽射しがまぶしいだけだと思ったが、気がつくと隣家の前に蹲っていた。一休みしてゆこうと、ぼんやり考えたのを覚えているが、お捨が通りかかって声をかけてくれなければ、戸板にのせられて医者へはこばれていたかもしれない。おやえを呼ぶお捨の大声と、「自業自得ですよ」と答えたおやえの声は、今でも耳の奥にこびりついている。

それほど店に客がこなかったのは、人通りが少なかったせいもあるが、おすずのよくない噂が近所にひろまったからだろう。しかも、店には西陽が容赦なく入ってきた。西陽は錦絵を反り返らせ、色を褪せさせてしまう。日除けは店を開く時から用意していたが、「あれでは、ろくな錦絵はない」と思われていたにちがいない。

転機は、千代紙の箱だった。おすずは、千代紙の箱をつくってその中に錦絵を入れ、店の奥にならべた。これが好評だった。きれいな店ができたと評判になって、永代寺へ参詣にきた客までが足をのばしてくれるようになったのである。不思議なもので、客がふえると、よくない噂が消えた。錦絵を入れておく引き出しを好みの寸法でつくってもらった今も、千代紙の箱はあった方がよいという客が多く、幾つかをその上に置いている。

そろそろ西陽が射してくる頃だった。錦絵は店の奥に片付けたが、二階は窓の障子を開けたままだった。おすずは、階段を駆け上がった。畳が赤茶けてしまうので、雨戸は早めに入れることにしている。

二枚あるうちの一枚を敷居に滑らせ、あとの一枚を引き出そうと戸袋に手を入れて、何気なく下を見ると、曲がり角に人の影があった。

もしやと思った。

おすずは雨戸をそのままにして、そっと障子を閉めた。障子紙に幾つか穴をあけ、曲がり角がよく見える穴を探す。三つ目の穴がよく見えた。

影だった男が、店に向かって歩いてくるところだった。おすずは、夢中で階段を降りた。早く大戸をおろさねばならなかった。裸足で土間へ飛び降りたが、影だった男はもう店の前に立っていた。

　裏口へ逃げたが、裏口を飛び出しても路地は店の前の道へ通じている。物音がすれば開く隣家の裏口が、今日にかぎってかたく閉ざされているのが憎らしかった。

「おすず。わたしだよ。逃げなくたっていいじゃないか」

　店の中へ入ってきたらしい男、大須賀屋林三郎が声を張り上げた。

「お前のしたことを、もう怒ってはいないよ」

　おすずは、足も拭かずに板の間へ上がり、茶の間を通って店へ出た。林三郎は、おすずが飛び出してくると思ったのか、日除けの外に立って路地を眺めていた。

「お帰り下さいまし。ここは、わたしの家でございます」

「だから、昔のことはもう水に流したと言っているじゃないか」

「流して下さらなくっても結構です。いつまでも、わたしに腹を立てていて下さいまし。腹を立てていて、会わずにいて下さいまし」

「密通をした女が、よくそんな口がきけるねえ」

　林三郎は、日除けの影を背負って店に入ってきた。押し戻してやろうかと思ったが、太り肉の軀に触れるのもいやだった。

「何もなかったことにして離縁してやったのに。あの時は申訳ありませんでしたの一言ぐらい、あってもよいだろう」

おすずは唇を噛んだ。

祝言を一月後に控えたあの日、林三郎も林三郎の両親も大黒屋へきて、女とはすぐに別れると約束した筈だった。が、祝言がすむと、「わたしだって主人の女遊びに泣かされた」と、姑がまず言い出した。舅も女遊び一つできぬ男に大きな商売はできぬと笑い、居合わせた親戚の男達が、我が意を得たりとうなずいた。そんな中にいて、林三郎の身持ちのあらたまるわけがなかった。

柳橋の芸者だけではなく、船宿の娘、水茶屋の女と片端から手を出して、二日つづけて家をあけることもめずらしくなかった。十六で嫁いだおすずには、ふやけた顔をして戻ってくる林三郎が汚らしく思え、同じ部屋で寝起きするのすら苦痛だった。しかも、その林三郎がおすずの寝床に入ってくるのである。粘りつくものが自分になすりつけられるようで、我慢できたものではなかった。仮に林三郎が一日に二度、湯に入っても、おすずには、汚れが残っているように思える。肩にかけられた手を思わずはねのけて、殴りつけられたこともあった。素直ではないと罵られ、叩かれて、実家へ逃げ戻ったのも一度や二度ではない。が、そのたびに体裁よく連れ戻され、連れ戻されたおすずを見ると、林三郎は、これでいつもの暮らしになると言いたげな顔で柳橋へ出かけて行った。

「与吉といったっけ、あの男」

おすずは身震いをして、横を向いた。おすずが助けを求めた男の名を、林三郎にだけは口にしてもらいたくなかった。

「離縁をしてやったら、あの男とすぐに所帯をもつのだろうと思っていたが、感心なことに、ずっと一人暮らしをしているそうじゃないか」

「さあ、どうですか」

「見栄を張らなくってもいいよ。空腹で目をまわして、中島町の木戸番に助けてもらったことも知っているよ」

「そんなこと、誰からお聞きになりました」

林三郎は口を閉じた。やはり勘助が、おすずのようすを逐一知らせていたようだった。

「離縁された女でございます。どこで何をしていようと、勝手でございましょう」

「どこで何をしているか、気にかけていたのだよ。嫌いで離縁状を書いたのじゃないってことかもしれないよ」

おすずは、大仰に身震いをしてみせた。林三郎は、実家へ逃げ帰ったおすずが番頭が迎えに行くたびに戻ってきたのは、亭主の自分が好きだからだと思っていたのかもしれなかった。

「大須賀屋へ戻っておいで」

と、林三郎は言った。

「正直に言おう。お父(とっ)つぁんが逝(い)きなすってから、大須賀屋は火の車さ。ただ、それは、お父つぁんが海産物問屋の株を手に入れようとして、ちょいとばかりむりな借金をしなすったからでね。その借金さえ返してしまえば、どうということもない。大須賀屋の暖簾がどうのこうのと、騒ぐことはないんだよ」

おすずは、横を向いたまま答えた。

「兄さんは、お金をお貸ししないと思いますけれど」

一瞬、林三郎は口を閉じた。

「いやなことを言うね」

おすずは黙っていた。

「ま、お前の兄さんって人は、かたい上にもかたい商売をするお人だから、簡単に貸してくれないことはわかっているよ。でも、お前の叔父さん、本町の手代木屋(てしろぎや)さんは、姪(めい)が体裁のわるい一人暮らしをしているよりはと、少しならお金を用立てると言ってくれなすったよ」

「本町の叔父が何を言ったか存じませんけれど」

本町の叔父、手代木屋幸左衛門は、おすずが七つの時に大須賀屋との縁談を持ってきた男だった。おすずが与吉としのび逢う間柄になり、離縁を言い渡された時も、大須賀屋の言い分を四郎兵衛に伝える役目をつとめていたらしい。海産物問屋で、ことによると林三郎の父親に株を買うようにすすめたのは、彼であるのかもしれなかった。

「いずれわたしは、与吉と所帯をもつつもりです。兄も承知しておりますので」

嘘(うそ)だった。尼になれとまで怒った叔父に、非はむしろ林三郎の方にあるとかばってくれた兄も、与吉と所帯をもつことはおろか、会うことも許してくれなかった。それを、林三郎が知っているわけはない。兄はなぜか叔父に、「表向き、与吉と縁を切らせました」と言ったのである。が、林三郎は、口許に薄い笑いを浮かべて言った。

「あれから何年たっていると思っているのだえ。十五年だよ、十五年。十五年は長いよ。わたしは後添(のちぞ)いをもらって、倅(せがれ)が生れて、その後添いを亡くしているんだ。与吉が、今頃まで独り身を通しているものかね」

離縁されたのが二十の時で、おすずは今三十五、二つ年上だった与吉は、三十七になる。林三郎の言う通り、二人か三人の子の父親になっていても不思議ではない。

「お前だって、いつまでも絵草紙屋なんぞをやっていたって仕方がないだろう」

「お帰り下さいまし」

「今は繁昌しているそうだが、先を考えてみるがいい。四十、五十になるのは、あっという間だ。それでも店に坐っていなければならないのだよ」

「店番くらい、五十になってもできます」

「強がりを言うのじゃないよ。昔のことはすべて水に流すと言っているのだから、うちへ戻っておいで」

「流して下さらなくっても結構ですと、申し上げたじゃありませんか」

「強情だねえ」

林三郎は、日除けの間から見える道へ目をやった。ようやく帰る気になってくれたようだった。

「言っておくがね。出入りの指物師なんぞと情を通じるなんざ、奉公人との不義密通にひとしいよ。それを訴えもせず、穏やかにすませてやったことを忘れないでおくれ」

おすずは、台所へ駆け込んだ。林三郎の出て行ったあとへ、塩をまくつもりだった。

裏口の戸を開けると、路地におやえがいた。腰高障子の桟を拭いていたのだった。昨日、絵草紙屋はどこかと探すようすもなく林三郎が店に近づいてきたのは、勘助が自分の家までの道順を詳しく教え、おすずはその隣りに住んでいると言ったからにちがいない。おすずは、平静をよそおって挨拶をするのに苦労した。おやえも、「今日も暑くなりそうだね」と口の中で言って、そそくさと家の中へ入って行った。林三郎の大声はおやえの耳にも届いていて、うしろめたいような気持になっていたのだろう。

それにしても、今日、真先に大須賀屋とつながるおやえに会ってしまったのは、凶のおみくじを引いたような気分だった。熊井町から相川町を通って永代橋を渡り、北新堀町へ出るつもりだったが、おすずは曲がり角を反対側に折れて、仙台堀の枝川にかかっている橋を渡った。木戸番小屋の前では、お捨と笑兵衛と、番屋の夜勤があけて帰るらしい弥太右衛門が立話をしていた。

「あら、おすずさんじゃありませんか。この間は、ほんとにご馳走様」

お捨が駆けてきた。ふっくらと太っているのに、下駄の音は軽かった。

「ごめんなさい、すぐにお礼に行かれなくって」

「俺の嚊あが、風邪をひいて熱を出しちまったんだよ。なあに、鬼の霍乱ってやつで、放っておいても癒ったのだけどね」

「ま、そんなことを言いなすって。おすずさん、聞いて下さいな、弥太右衛門さんはね、熱が下がらないのはどういうわけだと、お医者様に文句を言いなすったんですよ」

「なあに、あれはうちの化けべそいなくなってくれりゃ好都合だと、確かめに行ったのさ」

「また、負け惜しみを言いなすって」

ころがるような笑い声が、もう強い陽射しが照りつけている澪通りに響いた。縁起直しは、それで充分だった。「お大事に」とおすずは弥太右衛門に言って、枝川に沿って歩き出した。かなりの遠まわりになるが、一色町（いっしきちょう）から枝川を渡り、油堀（あぶらぼり）沿いの道を歩いて佐賀町に出て、少し後戻りをして永代橋を渡るつもりだった。お捨と笑兵衛が、怪訝（けげん）な顔をしておすずの後姿を見送っているようだが、どこへ行くのかとは尋ねなかった。

与吉はあの頃、坂本町に住んでいた。一丁目の横丁で、家の脇にごく狭いが屋根つきの空地があり、そこに材木がたてかけてあった。気に入った材木があれば、注文されている品がなくても買い込んでおくのだとか、雨が降っても日照りつづきでも困ると、与吉は、その板を宝物のように撫（な）でていたものだ。

が、今、そこに与吉はいないような気がした。汁粉屋で会っていたのを大須賀屋と取引のある御結納物所の主人に見咎められ、告げ口をされて、怒り狂った林三郎が出入りの鳶の者を向かわせたのも、兄の四郎兵衛が妹とは会わないでくれと頼みに行ったのもあの家だった。四郎兵衛は供を連れず、嫂にも黙って出かけたそうだが、鳶の者は与吉に殴る蹴るの乱暴をして、岡っ引が駆けつける騒ぎになったという。自分は一人前となったばかりの職人でこの仕事場に移ったばかり、親方や弟弟子のいない仕事場に一人で坐っていることにやっと慣れたと言っていたが、住みつづける気にはなれなかっただろう。

呼びとめなければよかった。

そう思う。

あの時、おすずは台所の隅で泣いていた。林三郎にのろまと罵られたのか、姑に気がきかないと叱られたのか、もう覚えていない。覚えているのは、「ご気分でもわるいのですかえ」と尋ねてくれた与吉の声と、与吉が帰ったあと、板の間に落ちていた豆絞りの手拭いの、藍の色の鮮やかさだけだ。あの藍の色を見て、おすずは、なぜかほっとしたのである。

与吉は、姑が頼んだ鏡台を届けにきたと言っていた。女中が裏の潜り戸まで送って行ったのだが、女中も手拭いには気づかなかったらしい。

おすずは、手拭いを懐へ入れた。与吉を追いかけて行けば大須賀屋の外に出られるという考えも確かに頭に中にはあった。が、それよりも、手拭いを手渡して二言三言でよいから与吉と言葉を交わしたかった。与吉さんに忘れものを渡してくると女中に言って、おすずは裏木戸を出た。仕事を終えた気楽さから、与吉はのんびりと歩いていたのかもしれない。黒っぽい紬を着た後姿はすぐに見えた。見えたが、おすずは与吉のうしろを歩いていると思うだけでも心の和んでくるのが嬉しくて、わざと道浄橋のたもとまで追いかけて行った。

与吉は、おすずの顔を目をしばたたきながら見た。うっかりしていたが、その数日前に、林三郎はこぶしでおすずの頰を殴った。頰は赤紫色に腫れ上がり、その痕が残っていたのだった。

「俺は、坂本町に住んでいます」

あの時、なぜ与吉はそう言ったのだろう。

「家の横に材木が置いてありますから、すぐにわかります」

翌日、おすずは実家へ行くと言って大須賀屋の外へ出た。材木の置いてある家はすぐに見つかったが、おすずは人目につくのを恐れて、すぐに引き返してきた。

今はやはり、坂本町にその家はない。

おすずは爪を噛みながら、はこべや車前草が生えている空地を見た。おすずは大黒屋へ帰された。与吉がそれを知らなかった筈はない。おすずは一度、祖母の墓参りを口実に大須賀屋を出て、腹痛で歩けなくなったと嘘をつき、大黒屋に泊まったことがある。大須賀屋の女中を先に帰してしまい、大黒屋の女中を連れて、与吉に会いに行ったのだった。

与吉は何も言わなかった。おすずも何も言わなかった。それで充分だった。おすずは与吉を見つめ、ゆっくりと頭を下げ、そこから大須賀屋へ戻った。大黒屋の女中は何事もなかったように振舞ってくれたし、女中も兄の四郎兵衛だけにはおすずの寄り道を打明けていただろうが、兄から叱責をうけることもなかった。

おすずが離縁されたと聞き、与吉はおすずを待っていたにちがいない。大事な材木を荷車にのせ、おすずが大黒屋から飛び出してくるのを待っていたにちがいない。昼過ぎまで待って、それから夕暮れまで待つことにして、さらに大黒屋の者達が寝静まってからおすずは飛び出すつもりかもしれないと考え直して、軒下に引き入れた荷車の前に夜更けまで蹲っていたのではないだろうか。

なのに、おすずは迷っていた。与吉に会うなという言いつけを守って、たった一人の身内である兄に心配をかけぬようにするか、心配させても与吉と一緒に暮らすことにするか、迷いつづけていた。立ち上がっては坐り、坐っては立ち上がっているうちに夜が明けて、飛び出そうとした時には兄や女中達の目が光っていた。

四郎兵衛は、おすずを思いきりのわるい妹だと思ったにちがいない。兄は、おすずにこそ与吉と会ってはならないと言ったが、叔父には「表向き、縁を切らせました」と言ったのである。叔父は、「それでいい」とつられたように答えた。近頃になって気づいたが、あの時、四郎兵衛は「叔父さんも、縁を切るのは表向きでいいと言ってくれたぞ。早く与吉のもとへ逃げてしまえ」と、おすずをけしかけたかったのではあるまいか。

おすずは、踵を返した。鳶の者が与吉の家に殴り込んだ時、岡っ引を呼びに行ったのは自身番屋に詰めていた者であったという。近くに番屋がある筈だった。

「あの」

団子で茶を飲んでいた書役と当番の者の目が、いっせいにおすずを見た。

「あの、昔、坂本町に住んでおいでだったお方のことでお聞きしたいのですけれど」

さすがに与吉の名は、すぐに唇の外へ出てこなかった。書役と当番の者達は、団子のたれで汚れた口許を懐紙で拭きながら、誰のことだというような目つきをした。おすずは、かわいてきた口中をそっと舌で湿らせて言った。

「与吉というお人なのですけれど」

書役らしい男が、四十過ぎと見える当番の男を見た。十五年も前の住人など、若い書役にはわからないのかもしれなかった。

「与吉？　指物師の与吉さんかえ」

「はい」

「だいぶ前に引っ越して行ったが、お前さんは？」

「深川熊井町のすずと申します」

「後家さんかえ。ならば、後見のお人がいるだろう」

大黒屋四郎兵衛と言いかけて、おすずは、その名を飲み込んだ。

「昔、本石町の大須賀屋林三郎の女房でございました」

番屋が静まりかえった。当番の者達は皆、大須賀屋の名に覚えがあるようだった。

「おかみさん――いや、おすずさんと言いなすったっけか、お前さん、そういう名前をよく平気で言えなさるね」

「昔は昔ですから」

「お言葉だがね、昔のことは何でもかでも水に流せると思いなすったら大間違いだよ」

わかっていた。わかっているからこそ、与吉を探しにきたのだった。

「昔は昔でございます。つい間違えてしまったこともありますが、それを遅ればせながらあらためたいのです。もし、今の与吉さんのお住まいをご存じでしたならば、どうぞ教えて下さいまし」

「よくわからないね」

と、当番の一人が言った。

「間違いをあらためるなら、大須賀屋さんへお詫びに行かなくてはならないと思うがね。よけいなことだが」

「その前に、与吉さんに会わなければならないのです」

父の言う通りに大須賀屋へ嫁いだのが間違いだったのだ。与吉にはまだ出会ってなかったが、月下氷人（げっかひょうじん）は二人を赤い糸で結んでいたにちがいなかった。林三郎の素行をもっと調べた方がいいと言った母にうなずいていれば、嫁がぬ前に与吉と出会えた筈なのである。

だが、おすずは父の言葉に従った。当時、母の実家と父の弟である手代木屋幸左衛門が仲違い（なかたが）をしていて、母方の祖父とおすずの父の間にもひびが入りそうな懸念もあった。十六のおすずの目には、心を入れかえると詫びにきた林三郎が、ほんとうに後悔しているようにも見えた。

それが、間違いだったのだ。今思えば、母と母の実家の言っていたことが正しかった。大須賀屋へ嫁げと言った父を恨むのはたやすい。九年も許嫁でいたのに、どこやらの横槍一つでなかったことにするのかと母をねめつけながら言った叔父の手代木屋幸左衛門を憎むのは、もっとやさしい。

が、間違えたのは、おすずだ。おすずを可愛がってくれた母方の祖父と、父との仲がわるくなってしまってはと、会ったこともすらない林三郎のもとへ嫁ぐときめたのは、おすず自身なのである。

だから、今度こそ間違えない。おすずは、与吉と所帯をもつべきだったと自分で判断し、自分できめたのである。

もっと早く間違いに気づけばよかった。いや、間違いをあらためる気にならなければいけなかった。密通した相手のもとに走ったという世間の非難をこわがらず、大須賀屋に嫁いだのが間違いだったと胸を張って言わなければいけなかったのだ。

世間を恐れなければ、兄がそれとなく与吉のもとへ行けと言ってくれた時に、何も持たずに飛び出していただろうし、引越の準備をしたにちがいない与吉を待たせはしなかった。坂本町ばかりが江戸ではない。与吉の引く荷車を押して、深川へも本所へも行くことができたのである。間違ったことをしていないと思えば、大須賀屋のある本石町にだって、手代木屋のある本町にだって、その荷車をとめることができた。待っても待ってもあらわれぬおすずを、与吉は、意気地のない女だと思ったにちがいない。大黒屋の女中を連れてたずねてきたのは、いったい何のためだったのかと、与吉は、おすずの思いを自分の誤解だったと思っていたかもしれない。

そうではないと、おすずは与吉に伝えねばならなかった。繁昌するようになった絵草紙屋の店先に坐り、お捨と笑兵衛のいる木戸番小屋へ鰻を届けさせ、弥太右衛門や太九郎や、豆腐屋の金兵衛らとにぎやかに食べて、やっと落着いた暮らしができるようになったと思っていたのも、自分の気持をごまかしていただけだった。おすずは、与吉に会いたかった。会って、その腕の中へもぐり込みたかった。だから、どうしても与吉に会わねばならないのである。

「お願いします」

おすずは、土間に蹲って両手をついた。

「与吉さんの居所を教えて下さいまし」

「そんなことをされたって」

芝居がかったことをすると、かえって反感を買ったのだろう。番屋の中の男達は、一様に背を向けた。おすずもその場から逃げ出したくなったが、必死で言葉をつづけた。

「お願いします。ばかな女だとお思い下すって」

「はっきりとは知らないけどね」

と言う声が聞えた。

「うちの婆さんが、与吉さんは、京橋の近くにいるらしいと言っていたよ」

それだけわかれば充分だった。京橋に近い町は幾つもない。一日に一つの町を探しまわっても、数日後には会える筈であった。


与吉の居所がわかったのは、その翌日のことだった。前日と同じように、中島町の木戸番夫婦に挨拶をして、佐賀町を通って永代橋を渡ったのだが、縁起をかついでよかったと思った。炭町の煙草屋で、このあたりに指物師はいないかと尋ねると、与吉という腕のよい職人がいるという答えが返ってきたのである。

おすずは、煙草屋の娘が指さした、路地と言ってもよいような狭い横丁へ入った。屋根つきの空地に材木をたてかけている家は、すぐに見つかった。仕事場の障子は昔通り開け放しで、当て板の前に坐って片方の足を曲げ、片方は伸ばして板に鉋（かんな）をかけている姿も昔のままだった。

だが、鉋をかけるたび、当て板におおいかぶさる背は、おすずの脳裡に住みつづけていた男のそれよりもはるかに薄かった。髪には白いものが混じっていて、あれほどたっぷりとしていた鬢も髷も、少なくなっているように思えた。

あれが与吉さんなんだ。

脳裡にあった若い与吉の姿は消えた。いれかわるように、今朝、鏡に映してみた自分の顔が目の前に浮かんだ。深川へきた頃とおすずは少しも変わっていないとお捨や笑兵衛は言うが、鏡が映した目尻の皺は、四十をとうに越えている筈のお捨より多いくらいだった。唇の脇のたるみは、三十五という年齢を隠しようもない。与吉の老いは、それが与吉なのだと思えばいとおしいくらいだが、与吉はおすずの顔にあらわれた年月を見て、何を思うだろうか。

それに、年齢以上に衰えて見える与吉に女房のいないわけがない。あの痩せた背と腕で板を削り、板に釘を打って、その上に飯炊き、洗濯では負担が大き過ぎる。こざっぱりとしたものを身につけているのも、仕事場に鉋屑や大鋸屑以外のごみがちらかっていないのも、女房が仕立直しをし、掃除をしているからだろう。

が、仕事場の前に、女房や子供がいるならばある筈の履物がなかった。あるのは黒い鼻緒の草履だけで、紫色の鼻緒のそれや、小さくて可愛いのも置かれていないのでである。

おすずは、思いきって仕事場の前に立った。その気配に与吉が顔を上げた。

「もしかして――」

夢で見ていた与吉が目の前にいて、おすずに声をかけた。おすずは、障子に手をかけて、蹲ってしまいそうな軀をささえた。与吉の顔が、わずかにゆがんだ。

「きてくれたのか」

「そう。遅くなったけど」

「待っていたんだ」

下駄を脱ぎ飛ばしたことは、意識のうちにある。が、仕事場に上がった覚えもなければ、与吉が立ち上がったのを見た記憶もなかった。気がついた時には与吉の腕の中にいて、与吉の胸とおすずの肩がお互いの涙で濡れていた。

「やっぱりきてくれたんだ」

「ごめんなさい。もっと早くくればよかったのに」

「俺も行けなかったんだ、熊井町へ」

「え?」

「何か、わるいことをしているような気がしてさ。また、おすずさんに迷惑がかかるような気がして、どうしても行けなかったんだ」

「わたしが熊井町にいることを、知ってなすったの」

「知ってた。勘助ってえ男が、あちこちで喋っていた」

「そう――」

あの勘助が――と思ったが、勘助の姿も女房のおやえの姿も浮かんでこなかった。勘助が何を言おうと、おやえが不愛想であろうと、もういいではないか。

「わたし、ここにいてもいい？」

「当り前じゃねえか。年齢をとって店番ができなくなったお前の面倒を、誰がみるんだ」

ぐず。

と、おすずは与吉の胸に向って呟いた。

十五年もここへこられなかったわたしも呆れ返ったぐずだけど、この人は、わたしが年齢で動けなくなったら、きてくれるつもりだったのかしら。

「お捨さんと笑兵衛さんに会いに行こう」

と、与吉が言った。

「お前(めえ)は、ずいぶんあのご夫婦に助けてもらったんだろう?　一番はじめに礼を言いに行かなくっては」

「有難う」

だが、与吉はおすずを抱きしめたまま立ち上がろうとしない。十五年も辛抱強く待ちつづけた与吉は、おすずの感触をゆっくりと確かめて、ゆっくりと立ち上がるつもりなのかもしれなかった。

# 解説

末國善己

江戸の市中には、警備を容易にするため町の境界に木戸があった。木戸は夜四つ（午後十時頃）に閉じられ、それ以降に木戸を抜けるには、（町医者と産婆を除いて）木戸番がチェックをした後に、木戸の横に作られた潜戸を通っていたという。

犯罪が起こると、木戸を閉じて捕物に協力する木戸番は、町を火事と犯罪から守っていたが、少ない予算で運営されていたため、屈強な若者ではなく安い給料で働いてくれる老夫婦が雇われることが多かった。給料が少ない代わりに、木戸番は番小屋での商売が認められていて、手軽に立ち寄れる場所として重宝されていたようだ。

地域の人々が集う拠点であり、見知らぬ人の通過点でもある木戸は、人の出会いと別れを象徴している。この木戸に着目し、市井の片隅で懸命に生きる人々を描く連作〈深川澪通り木戸番小屋〉を作り上げた北原亞以子の着想は、まさに慧眼に値しよう。

深川澪通りにある木戸番小屋で働く笑兵衛・お捨夫妻を軸に、下町の悲喜こもごものドラマに焦点を当てたシリーズは、一作目の『深川澪通り木戸番小屋』が泉鏡花文学賞を受賞し、一九九五年には神田正輝（笑兵衛）、池上季実子（お捨）の主演、タイトルを『とおりゃんせ　深川人情澪通り』としてＮＨＫでドラマ化された。そしてシリーズ四作目となる本書『夜の明けるまで』は吉川英治文学賞を受賞しており、北原亞以子の代表作となっている。

笑兵衛とお捨については、「日本橋にあった大店の主人だった」とか、「武家の出」であるとか、「京の由緒ある家の生れ」などの噂はあるが、その過去を知る者は誰もいない。何ごとにも無欲で、常に人のためを考えて生きる二人が、悩み傷ついた人たちを癒し、立ち直るきっかけを与えていくというのがシリーズの基本となる。

本書の第七話「奈落の底」で、何かよからぬことを企んでいるらしいおたつの過去を調べた笑兵衛は、早くに父を亡くしたおたつが少女時代から体を売り、その後も「人の亭主を寝取」ったり、「妾奉公をして金だけ受け取って行方をくらま」すなど、数々のトラブルを起こしていたことを知る。普通ならば、犯罪スレスレの人生を送る無分別なおたつの行為に眉を顰めるものだが、笑兵衛とお捨は「ずいぶんと苦労した人なんだな」「ほんとうにねえ。きれいで陽気な人なのに」と述べ、おたつの辛かった半生を思いやるのだ。

予断や偏見がなく、目の前にいる人をありのままに理解しようとする笑兵衛とお捨は、限りなく優しい。だが自分たちを必要とする人を懐深く受け入れる一方で、積極的に手を差し伸べることも、アドバイスをすることも少ない。澪通りの木戸番を訪れた人は、二人との何気ない会話を通して、自分の進むべき道を切り開いていくのだ。

これは一見すると、そっけない対応のように思える。だが考えてみると、金に困っていれば金を融通してやり、心配の原因を取り除くために奔走することが本当の〝優しさ〟なのだろうか。手取り足取り忠告をした揚句、その人物が再び失敗した時、自分の行為を反省するのではなく、「助言が悪かった」と手を差し伸べてくれた人を怨むことも考えられる。それは決して問題の解決ではなく、逆に〝甘え〟を許すことになりかねない。

人情は、他人へ信頼と愛情を寄せることが前提となるが、甘やかすことではない。相手に冷酷と思われても、突き放すことが必要な時もあるのだ。笑兵衛が相手を優しく見守りながらも、常に一定の距離を置いているのは、〝甘え〟を許さない決意ではないだろうか。貧しい人たちが傷を舐めあう人情ではなく、自覚と責任を持った個人がルールを守って〝絆〟を深める真の人情を描いたことが、シリーズに深みを与えていることは間違いないだろう。

本書に収録された八篇は、女性の人生をクローズアップした作品が中心なので、様々な商売を営む女性たちの人生を描いた直木賞受賞作『恋忘れ草』を彷彿とさせるものがある。

まず巻頭の「女のしごと」は、家事と子育て、舅姑の世話に忙殺されていた母に反発し、江戸に出てきたおもよを主人公にしている。おもよは生活に困らないだけの金を稼ぎ、余暇には趣味の合巻本を読む悠々自適の毎日を送っていたが、綿密な計画もないまま自分の店を出した友達お艶を手伝うようになったことで、とんでもない事態に巻き込まれていく。

続く「初恋」は、実家を救うため意に添わぬ結婚をした女が、婚家での仕打ちに耐えかね、本当に愛した男と命をかけて添い遂げようとするもので、せつない恋物語となっている。「初恋」と対照的なのが「こぼれた水」である。釘鉄問屋の近江屋に嫁いだお加世は、結婚以来、亭主だけでなく舅姑にも仕え、懸命に家を支えてきた。だが夫は、お京という女に夢中になる。お京は家事は苦手だが、商売のアイディアや算盤勘定には長けていてバイタリティにあふれている。その一方でお加世は、自分の意志を持たず流されるままに生きてきた。それだけにお京と一緒になると宣言した夫に、お加世が啖呵を切ってみせるラストは痛快だ。

「いのち」は、自分を火事場から助け出したために、前途有望な武士を死なせたと考える老婆の物語になっている。人間の〝命の重さ〞に違いはあるのかと悩む老婆の姿は、先進国の中でも自殺による死亡率が高い現代の日本で生きる読者に、生きることの意味を問い掛けているように思えてならない。

表題作の「夜の明けるまで」は、これまでのシリーズでも名脇役として登場している自身番の書役・太九郎の恋を描いている。太九郎が想いを寄せているのは、離縁され女手一つで子どもを育てているおいと。舅との確執から人が信じられなくなっていたおいとが、純真な太九郎との交際を通して、頑なな心を解かしていくプロセスは強く印象に残る。

「絆」では店も家族も失った老人が、昔ひどい仕打ちをして別れた妾腹の娘との絆を回復しようとする。だが娘には老人の財産を狙う夫がいて、娘も老人への怨みを忘れていなかった。暴力を使って老人からすべてを奪おうとする夫を前に、娘がどのような選択をするかがクライマックスになっているので、サスペンスあふれる物語になっている。

「奈落の底」もミステリータッチの作品で、世間に怨みを持つおたつが、自分に想いを寄せる三郎助を利用して、ある犯罪計画を進める。だが、謀略の全貌がなかなか明かされないので、最後までスリリングな展開が続く。全体に暗いトーンになっているが、三郎助の善良さがそれを打ち消していくので、ラストはホッとさせられるだろう。
そして最終話の「ぐず」は、お互いに想いを寄せているのに、恋を成就させるのに十五年もの歳月がかかってしまった「ぐず」なカップルおすずと与吉（よきち）の物語。「十五年も辛抱強く待ちつづけた与吉は、おすずの感触をゆっくりと確かめて、ゆっくりと立ち上がるつもりなのかもしれなかった」という最後の一文からは、絶対に幸福になるという強い意志と、夢が広がる未来を摑（つか）みたいという想いが、ひしひしと伝わってくる。これは、おすずと与吉だけでなく、〈深川澪通り木戸番小屋〉シリーズ全体にも当て嵌（は）まるテーマなので、まさに一巻を閉じるに相応しい名言といえる。

厳格な身分制度があり、男尊女卑が法律に記されていた江戸時代の人々は、当然ながら現代人とは異なる常識と価値観を持っていた。例えば、借金返済のために金を貸してくれた商家に嫁ぐ娘が主人公の「初恋」や、妾腹とはいえ家業のために娘を捨てる「絆」などは、現代人から見れば非情に思えるが、当時の人々は日常の出来事と認識していただろう。

北原亞以子は丹念な時代考証で江戸の下町をリアルに浮かび上がらせているが、それを封建時代の特殊な事情とはしていない。嫁と姑の確執、家族の絆、好きな相手に尽くしたいという想いなど、いつの時代も変わらない〝情〟をベースにしているので、本書の単行本が刊行されてから二十年、著者が亡くなってから約十年が経った今もまったく古びていない普遍的な物語になっているのだ。中でも職場の人間関係に押し潰され、キャリアアップの道を断念しそうになるおもよの葛藤を描いた「女のしごと」や、少子高齢化が進み年金や社会保障で重い負担を背負っている現役世代が増え、その解決策として高齢者の集団自殺、集団切腹を挙げた経済学者の発言が一定の支持を得ている状況を先取りしたかのような「いのち」は、職場や近所の人間関係に悩んだり、世代間の断絶に直面していたりする多くの読者の共感を呼ぶのではないだろうか。人間は生きていると、苦労の方が多いと感じる。ただ、どれだけ苦しくとも、生きている以上の幸福はない。どんな人間も包み込む笑兵衛とお捨のさりげないアドバイスは、生きることの大切さと素晴らしさを、改めて教えてくれるはずだ。

（すえくに　よしみ／文芸評論家）

＊講談社文庫版に掲載されたものを再録しています。

夜（よ）の明（あ）けるまで
深川澪通（ふかがわみおどお）り木戸番小屋（きどばんごや）
朝日文庫

2024年10月30日　第1刷発行

著　　者　北原亞以子（きたはらあいこ）

発 行 者　宇都宮健太朗
発 行 所　朝日新聞出版
〒104-8011　東京都中央区築地5-3-2
電話　03-5541-8832（編集）
03-5540-7793（販売）
印刷製本　大日本印刷株式会社


Published in Japan by Asahi Shimbun Publications Inc.
定価はカバーに表示してあります

ISBN978-4-02-265173-0

## 情に泣く
朝日文庫時代小説アンソロジー　人情・市井編

細谷正充・編／宇江佐真理／北原亞以子／杉本苑子／
半村良／平岩弓枝／山本一力／山本周五郎・著

失踪した若君を探すため物乞いに堕ちた老藩士、家族に虐げられ娼家で金を毟られる旗本の四男坊など、名手による珠玉の物語。《解説・細谷正充》

## おやこ
朝日文庫時代小説アンソロジー

細谷正充・編／池波正太郎／梶よう子／杉本苑子／
竹田真砂子／畠中　恵／山本一力／山本周五郎・著

養生所に入った浪人と息子の嘘「二輪草」、歌舞伎の名優を育てた養母の葛藤「仲蔵とその母」など、時代小説の名手が描く感涙の傑作短編集。

## なみだ
朝日文庫時代小説アンソロジー

細谷正充・編／青山文平／宇江佐真理／西條奈加／
澤田瞳子／中島　要／野口　卓／山本一力・著

貧しい娘たちの幸せを願うご隠居「松葉緑」、親子三代で営む大繁盛の菓子屋「カスドース」など、ほろりと泣けて心が温まる傑作七編。

## わかれ
朝日文庫時代小説アンソロジー

細谷正充・編／朝井まかて／折口真喜子／木内　昇／
北原亞以子／西條奈加／志川節子・著

武士の身分を捨て、吉野桜を造った職人の悲話「染井の桜」、下手人に仕立てられた男と老猫の友情「十市と赤」など、傑作六編を収録。

## いのり
朝日文庫時代小説アンソロジー

細谷正充・編／朝井まかて／宇江佐真理／梶よう子／
小松エメル／西條奈加／平岩弓枝・著

隠居侍に残された亡き妻からの手紙「草々不一」、紙屑買いの無垢なる願い「宝の山」、娘を想う父の決意「隼腕の鬼」など珠玉の六編を収録。

## いのち
朝日文庫時代小説アンソロジー

朝井まかて／安住洋子／川田弥一郎／澤田瞳子／
山本一力／山本周五郎／和田はつ子・著／末國善己・編

江戸期の町医者たちと市井の人々を描く医療時代小説アンソロジー。医術とは何か。魂の癒やしとは？　時を超えて問いかける珠玉の七編。

**めおと**
**朝日文庫時代小説アンソロジー**
大矢博子・編／青山文平／朝井まかて／浅田次郎／宇江佐真理／藤沢周平／山本一力・著

江戸詰めの武士は国元に残した妻の不義密通を知る「女敵討」、病の妻を車椅子に乗せ、桜の見物に回るご隠居「西應寺の桜」など、感動の六編。

**吉原饗宴**
**朝日文庫時代小説アンソロジー**
菊池仁・編／有馬美季子／志川節子／中島要／南原幹雄／松井今朝子／山田風太郎・著

売られてきた娘を遊女にする裏稼業、身請け話に迷う花魁の矜持、死人が出る前に現れる墓番の爺など、遊郭の華やかさと闇を描いた傑作六編。

**江戸旨いもの尽くし**
**朝日文庫時代小説アンソロジー**
今井絵美子／宇江佐真理／梶よう子／北原亞以子／坂井希久子／平岩弓枝／村上元三／菊池仁編

鰯の三杯酢、里芋の田楽、のっぺい汁など素朴で旨いものが勢ぞろい！　江戸っ子の情けと絶品料理に癒される。時代小説の名手による珠玉の短編集。

**家族**
**朝日文庫時代小説アンソロジー**
中島要／坂井希久子／志川節子／田牧大和／藤原緋沙子／和田はつ子［著］

姑との確執から離縁、別れた息子を思い続けるおつやの情愛が沁みる「雪よふれ」など六人の女性作家が描くそれぞれの家族。全作品初の書籍化。

**母ごころ**
**朝日文庫時代小説アンソロジー**
中島要／高田在子／志川節子／永井紗耶子／坂井希久子／藤原緋沙子

職人気質の母娘、亡くした赤ん坊を思う芸者。優しく厳しく、時に切ない様々な「母」の姿を六人の人気作家が描く文庫オリジナルアンソロジー。

**うめ婆(ばあ)行状記**
宇江佐　真理

北町奉行同心の夫を亡くしたうめ。念願の独り暮らしを始めるが、隠し子騒動に巻き込まれてひと肌脱ぐことにするが。《解説・諸田玲子、末國善己》

北原亞以子
**傷**
慶次郎縁側日記

空き巣稼業の伊太八は、自らの信条に反する仕事をさせられた揚げ句、あらぬ罪まで着せられてお尋ね者になる。《解説・北上次郎、菊池仁》

北原亞以子
**再会**
慶次郎縁側日記

岡っ引の辰吉は昔の女と再会し、奇妙な事件に巻き込まれる。元腕利き同心の森口慶次郎が活躍する人気時代小説シリーズ。《解説・寺田　農》

北原亞以子
**雪の夜のあと**
慶次郎縁側日記

元同心のご隠居・森口慶次郎の前に、かつて愛娘を暴行し自害に追い込んだ憎き男が再び現れる。幻の名作長編、初の文庫化！《解説・大矢博子》

北原亞以子
**おひで**
慶次郎縁側日記

元同心のご隠居・森口慶次郎は、自らを出刃庖丁で傷つけた娘を引き取る。飯炊きの佐七の優しさに心を開くようになるが。短編一二編を収載。

北原亞以子
**峠**
慶次郎縁側日記

山深い碓氷峠であやまって人を殺した薬売りの若者は、過去を知る者たちに狙われる。人生の悲哀を描いた「峠」など八編。《解説・村松友視》

北原亞以子
**隅田川**
慶次郎縁側日記

慶次郎の跡を継いだ晃之助は、沈み始めた船から二人の男を助け出す。幼なじみ男女四人の切ない人生模様「隅田川」など八編。《解説・藤原正彦》